从心所欲不逾矩

许渊冲

2021年4月（100岁）

许渊冲汉译经典全集

莎士比亚

Macbeth

马克白

许渊冲 译

商务印书馆
The Commercial Press

图书在版编目（CIP）数据

马克白／（英）威廉·莎士比亚著；许渊冲译. —北京：商务印书馆，2021（2021.7 重印）
（许渊冲汉译经典全集）
ISBN 978-7-100-19401-3

Ⅰ.①马… Ⅱ.①威… ②许… Ⅲ.①悲剧—剧本—英国—中世纪 Ⅳ.① I561.33

中国版本图书馆 CIP 数据核字（2021）第 022293 号

权利保留，侵权必究。

许渊冲汉译经典全集
马克白
〔英〕威廉·莎士比亚 著
许渊冲 译

商 务 印 书 馆 出 版
（北京王府井大街36号 邮政编码100710）
商 务 印 书 馆 发 行
南京爱德印刷有限公司印刷
ISBN 978 - 7 - 100 - 19401 - 3

| 2021年3月第1版 | 开本 765×965　1/32 |
| 2021年7月第2次印刷 | 印张 4¼ |

定价：60.00 元

目 录

第一幕……………………………………………1

第二幕……………………………………………31

第三幕……………………………………………52

第四幕……………………………………………78

第五幕……………………………………………105

剧中人物

丹坎　苏格兰国王

马康　王子

唐纳斑　王子

丹坎军中一将士

马克白　格拉密勋爵，后为考朵勋爵，苏格兰国王

马克白夫人

马克白城堡门卫

撒丹　马克白侍从

医生

马克白夫人侍女

三刺客

班珂勋爵

弗兰斯　班珂之子

马达夫　菲府勋爵

马达夫夫人

马达夫之子

　连洛爵士

　　罗斯爵士

　　安格爵士

　卡内斯爵士

孟特斯爵士

　　　老人

　　西华德　诺山兰公爵

西华德之子

英格兰医生

　　三女巫

　　赫卡特　女巫之王

大臣、爵士、侍从、侍仆、持火炬人、兵士、鼓手、使者、阴灵等。

第 一 幕

第一场

荒地

(雷电声中三女巫上。)

女巫甲　我们何时再见面？

　　　　狂风暴雨加雷电。

女巫乙　不闻喧哗骚乱声，

　　　　战争先败后转胜。

女巫丙　夕阳斜照山顶上。

女巫甲　会面之地。

女巫乙　要荒凉。

女巫丙　会见马克白大将。

女巫甲　我带灰白狸猫精。

女巫乙　癞蛤蟆叫得好听。

女巫丙　行。

三女巫　美是丑来丑是美，

　　　　云雾之中无是非。

　　　　（同下。）

第 一 幕

第二场

营地

（丹坎王及马康、唐纳斑二王子，连洛勋爵及随从上，路遇一负伤将士。）

丹　坎　那个血染战衣的将士是谁？从他负伤的情况看来，他可以告诉我们和叛军的最新战况。

马　康　就是这个英勇的将士浴血奋战为我解围的。——敬礼！勇敢的兄弟，你是怎样杀出重围的？对国王讲讲吧。

将　士　那时战场胜败未分，就像两个游泳游得筋疲力尽的人还在斗争，却都显不出本领一样。那个毫不容情的麦唐纳真是名不虚传的叛将，天生做坏事的本领都显示在他身上，西方岛屿的轻步兵和斧钺兵又来支持他。命运女神成了向该死的叛军卖笑的娼妓。但这些人都不是马克白的对手——他真没有辜负他的盛名,不把危险的命运看在眼里,挥舞被敌人鲜血染红的钢刀,像勇敢的化身一样杀出一条血路,一直杀到叛将面前,既不通名报姓,也不留下退路,一刀就把他劈成两半,还把他的首级挂上城楼示众了。

丹　坎　了不起的老表,名副其实的英雄!

将　士　但是太阳刚刚落山,就刮起了雷电交加的狂风暴雨,安宁还没有降临人间,又涌现了新的灾难祸殃。苏格兰国王啊,请你听听:当正义之师一鼓作气把轻步兵打得落花流水、逃之夭夭的时候,挪威国王却认为机不可失,立刻补充兵员,增加武器装备,又发动了新的进攻。

丹　坎　这吓不倒我们的大将马克白和班珂吧。

将　士　就像麻雀吓不倒老鹰、兔子吓不倒雄狮一样,如果要我说清,那我只好说他们像两门开花大炮,发出汹涌澎湃的炮火,使得敌军血流成河，尸积如山，几乎要成一个新的骷髅场了。

我说不下去了。头昏脑涨，需要医护了。

丹　坎　你说的话和受的伤一样，都是光荣的呼声。——护送他去医疗。

（随从护送将士下。罗斯与安格上。）

有什么人来了？

马　康　是可敬的罗斯勋爵。

连　洛　他看起来急急忙忙，仿佛有什么意想不到的事要说。

罗　斯　上帝保佑吾王。

丹　坎　你从哪里来的，可敬的勋爵？

罗　斯　我从菲府来，大王。那里的挪威军旗遮天蔽日，刮起阵阵寒风。挪威国王重兵压境，还有叛变的考朵爵士呐喊助威，发动了猛烈的攻击；幸亏女战神都要下嫁的马克白大将披挂上阵，针锋相对，刀来剑往，你冲我杀，寸步不让，压倒了对方嚣张的凶焰，结果胜利才属于我方。

丹　坎　伟大的胜利！

5

罗　斯　现在，挪威国王斯维诺求和了，我方要他在圣柯木小岛赔款一万金币。否则，不许他们掩埋阵亡的将士。

丹　坎　考朵爵士休想再骗取我们的信任了；去宣布他立即处死，他的爵位转封给马克白。

罗　斯　谨遵圣命，英明的王上。

丹　坎　他的爵位是对马克白的奖赏。

（同下。）

第 一 幕

第三场

荒野

（雷鸣声中三女巫上。）

女巫甲　妹妹，你到哪里去了？

女巫乙　打野猪去了。

女巫丙　姐姐，你呢？

女巫甲　一个水手的老婆，兜里都是栗子，在噼里啪啦地吃着。"给我几个，"我说。"去你的吧，妖婆！"那个酒醉肉饱的贱货直冲着我说。她的老公是"老虎号"的船长，去了亚乐坡。我要用筛子做筐箩，像没尾巴的老鼠渡河，要追他啊一直追到他的老窝。

女巫乙　我来刮风相送。

女巫甲　送我和他相逢。
女巫丙　我也送你一阵风。
女巫甲　把我从西吹到东，
　　　　送到他的小海港，
　　　　同他去四面八方，
　　　　他有罗盘指方向。
　　　　我要吸干他的精力，
　　　　日日夜夜不得休息，
　　　　我要封住他的眼皮，
　　　　白天不开黑夜又闭。
　　　　累他九十九个星期，
　　　　饥饿消瘦出不了气。
　　　　虽然人和船没分离，
　　　　却总在惊涛骇浪里。
　　　　瞧，这是什么？
女巫乙　给我看，给我看。
女巫甲　这是一个水手的大拇指，在返航的时候，船沉没了。

（幕后鼓声）

女巫丙　听啊，鼓声咚咚响，

来了马克白大将。

（三个女巫围成一圈跳舞。）

三女巫　三个姐妹手挽手，

水上陆上随意游，

转来转去滴溜溜。

你转三周我三周，

她转三周便成九。

不要作声看符咒！

（马克白和班珂上。）

马克白　我从来没见过这样的阴阳天气。

班　珂　这里离富尔还有多远？——这是些什么阴阳怪人？瘦得像枯树干柴，穿得又不男不女，看起来不像世上的人，却又活在世上。——你们是不是活人？会不会说话？你们把瘦骨嶙峋的手指放在干瘪的嘴唇上，似乎是懂得我的话。你们应该是女人，却又有胡子，这该怎么说？

马克白　如果你们会说话，就告诉我们你们是什么人。

女巫甲　敬礼，马克白，向格拉密勋爵致敬！

女巫乙　敬礼，马克白，向考朵勋爵致敬！

女巫丙　敬礼，马克白，向未来的国王致敬！

班　珂　我的好将军，听到这有趣的预言，你为什么吃了一惊？难道你还会害怕这样好听的戏言吗？——要说实话，你们到底是浮光幻影，还是弄假成真的人？你们说出了我们三军主将的荣誉，预告了他光辉的前程，甚至显赫的王位，使他大出意外；但是你们对我却一言不发。如果你们能够看出现在的种子将来哪些能够发芽生长，哪些不能，那就说说我吧。我既不要你们说好话，也不怕你们说难听的。说吧。

女巫甲　祝贺。

女巫乙　祝贺。

女巫丙　祝贺。

女巫甲　你不如马克白，但却又超过他。

女巫乙　你不如他幸运，却又幸运得多。

女巫丙　你虽没有王位，但有王子王孙。向你们致敬祝贺了，马克白和班珂！

女巫甲　班珂和马克白，向你们致敬祝贺了。

马克白　等一下，你们话还没说清楚呢。自我父亲辛奈去世之后，我就知道我继承了他格拉密的爵位。但考朵是怎么一回事？考朵勋爵不是还活着吗？他还是个显赫的爵士呢。至于王位，那比考朵爵位还更加令人难以置信了。说，你们这些稀奇古怪的消息是从哪里来的？为什么在这个渺无人烟的荒原上，你们用难以置信的预言来打断我们的行程？我要求你们说个明白。

（三女巫隐退。）

班　珂　陆地上怎么和水面上一样会泛起泡沫来？她们不就是泡沫化成的吗？消失到哪里去了？

马克白　消失在空中了；她们看来是有形体的人，却像她们呼吸的空气一样融化在风中。真愿她们能够多留一会儿才好。

班　珂　她们真正在这里出现过吗？还是我们喝了草根迷魂汤，使我们的头脑成为俘虏了？

马克白　你的子女会成为王子王孙吗？

班　珂　而你自己会成国王吗？

马克白　还会成考朵勋爵呢。她们不是这样说的吗？

班　珂　的确是唱这个调子说这种话。你看谁又来了？

（罗斯和安格上。）

罗　斯　国王非常高兴得到你马克白的胜利消息，当他知道你如何英勇歼灭叛军的时候，他的惊喜形之于色，赞扬夺口而出，真不知道是惊是赞，结果反而哑口无言了。他又听到你在同一天内如何和顽强的挪威军队作战，你毫无畏惧，出生入死，简直成了死神的惊人形象。捷报一站传到一站，向他报告你保卫国家的丰功伟绩。

安　格　我们是奉主公之命，前来向你表示谢意的，我们来迎接你去谒见国王，领受封赏。

罗　斯　作为封赏的先声，主公要我称你为考朵勋爵。祝贺你，战功显赫的勋爵，你是论功得赏的。

班　珂　怎么，难道魔鬼说的还是真有其事的？

马克白　考朵勋爵还活着呢，为什么把借来的衣服给我穿？

安　格　过去的考朵勋爵还活着，但是经过审判，他是罪有应得，已经判处死刑。他是公然联合挪威,还是暗助叛党,或者双管齐下,危害国家,我还不知其详。但是叛国重罪,他已招认,并且证据确凿,所以不得翻身了。

马克白 （*旁白*）格拉密和考朵勋爵,最高的称号还在后面呢。——

（*对罗斯和安格*）谢谢你们二位远来。——

（*对班珂旁白*）难道你不希望你的子孙成为国王吗?她们称我为考朵勋爵,现在已经实现了。她们答应你的会不会也实现呢?

班 珂 （*对马克白旁白*）如果你完全相信她们的话,那也许会点燃你的野心,在考朵勋爵之后,希望戴上王冠了。但是说也奇怪,魔鬼会在小事上说实话,先取得我们的信任,然后在重大事件上让我们栽跟头,永远不得翻身。

（*对说话中的罗斯和安格*）二位老兄,我有话说。

马克白 （*旁白*）两句话都说对了,而这只是引人入胜的序幕,接下来的是不是帝王主演的大戏呢?——

（对罗斯和安格）有劳二位了，谢谢！——（旁白）这不可思议的预言不会是坏事，也不会是好事。如果是坏事，那考朵爵位已经封赠，成为事实了；如果是好事，那我眼前为什么会出现可怕的景象，头发会竖起来，心跳得都要碰到胸脯了，怎么会出现这些不自然的现象呢？现实的恐惧还不如想象的可怕；一想到谋杀就会使我全身发抖，不会行动，只会胡思乱想，甚至真假不分了。

班　珂　瞧，我们的老伙伴心不在焉了。

马克白　（旁白）如果我命里注定要做国王，那就让命运去安排，不必自己动手了。

班　珂　新头衔好像新衣服，没穿惯总会觉得不合身的。

马克白　（旁白）要来的不会不来，最艰难的日子也是会过去的。

班　珂　高贵的马克白，我们听你的吩咐呢。

马克白　对不起，我的头脑糊涂，事情记不清楚。两位大人，你们的辛苦我们是不会忘记的，一想到就会有感激之情。现在，我们见王上去吧。——

(对班珂旁白)想想今天的事,考虑之后,等有时间我们再商量吧。

班 珂 很高兴听你的。
马克白 到时候再说吧。——朋友们,我们走了。

(同下。)

第 一 幕

第四场

苏格兰王宫

（号角声中丹坎国王、马康、唐纳班、连洛及侍从上。）

丹　坎　考朵的死刑执行了没有？负责执行的人回来了吗？

马　康　父王，他们还没回来，但我问过一个亲眼得见的人，他告诉我：考朵老实供认了他的罪行，并且请求父王赦免，他惭悔得倒深刻，是他一生中从未有过的。处决前他似乎经过深思熟虑，却把自己最宝贵的生命当微不足道的东西抛弃了。

丹　坎　可惜没有办法从一个人的脸上看出他的内

心：他本来是我绝对信任的一个大臣。

（马克白、班珂、罗斯及安格上。）

啊，最难得的亲人，真对不起，我感到的惭愧还沉重地压在我心上。你的功劳太大，飞得太快，无论什么快马加鞭的报酬也赶不上你风驰电掣的丰功伟绩。我真巴不得你的功劳小一点，我才付得出报酬呢。剩下要说的话就是：你的功太大，我的赏太小，很难做到论功行赏了。

马克白　我对主公尽忠效劳，都是尽我的本分，报答主公对我的恩赏，怎么还能要求报答呢？主公的本分就是接受我们对王室、对国家的忠心效劳，我们就像子女对父母、仆人对主人一样，尽其所能来报答主公的恩情和恩赏。

丹　坎　欢迎你归来。你像一棵得到栽培的大树，一定会根深叶茂、繁荣昌盛的。尊贵的班珂，你的功劳也不在他之下，得到的报酬也不会少，让我拥抱你吧，我要把你紧紧抱在心上。

班　珂　如果我能根深叶茂，那收获的果实也该是栽树人的恩赏。

丹　坎　我心里洋溢着欢乐，连悲哀的泪水都要化为笑声了。我的两个王子，皇亲国戚，诸位勋爵，左右近臣，我现在要向你们宣布立长子马康为太子了，先封他为坎波伦亲王。光荣不只是照耀着王子，还会像满天星斗一样洒落在诸位有功之臣身上。——现在，我们去马克白的英威内城堡吧，我们要享受他更亲密的接待。

马克白　为主公忙碌是比闲暇更大的乐趣。我要先走一步，回家去宣布这个意外的特大喜讯，让内人喜不自胜，我这就先走了。

丹　坎　了不起的考朵勋爵。

马克白　（旁白）坎波伦亲王是一块挡在路上的绊脚石，我不是跳过去就得给它绊倒。星星啊，不要用你们的火眼金睛看透深深藏在我黑暗内心里见不得人的欲望！眼睛啊，你就半开半闭，不要睁着看我动手干的事吧！等到事干完了，眼睛看到也会发抖的。

丹　坎　了不起的班珂，马克白真是能征惯战，我听饱了对他的赞美,那真是一餐言辞丰盛的宴席,我听得都要醉倒了。现在,我们跟上他吧。他又要为我们准备酒肉的盛宴了,真是一个举世无双的亲人。

(在乐声中,众下。)

第 一 幕

第五场

英威内城堡

（马克白夫人持信上。）

马克白夫人　（读信。）"在我胜利的日子，我遇见了她们，并且有证据说明她们有超越凡人的智慧。当我燃烧着的欲望促使我向她们提出进一步的问题时，她们忽然化成一阵清风，消失得无影无踪了。我站在那里出神的时候，国王派遣的使者来了，他们都称呼我为'考朵勋爵'，而这正是三位神巫给予我的称号，她们还说我是'未来的国王'呢。这使我迫不及待地来告诉你——我最亲密的亲人，你怎能失去这给你带来最大欢乐的时机，不知道你将有多么伟大的前程呢?好,去考虑考虑,并且把这存入你的内心吧。再会!"
你已经是格拉密和考朵勋爵了,而且还有更伟大的前程在等你呢。不过,我怕你生性柔和软弱,有如吸奶的婴儿,不会走捷径去取得胜利。你不是没有做大事的雄心壮志,但是没有不择手段的勇气。你要登高,却又不走险路;你不弄虚作假,却又妄图非分。伟大的格拉密勋爵,你想达到只有用这种方法才能达到的目的,又害怕去做会使你后悔的事情。快回来吧,我要在你耳中注入勇气,用我的舌头清扫你取得金冠的道路,命运和超自然的神力似乎都已经为你加冕了。

(使者上。)有什么消息吗?

使　者　王上今晚驾到。

马克白夫人　你说疯话了吧?爵爷不是和王上在一起吗?王上要来,怎么不早通知做准备呢?

使　者　夫人容禀:爵爷快要到了,他派了人先来报信,来人累得几乎话都说不清了。

马克白夫人　好好照看来人吧,他带来了重大的消息。

（使者下。）

丹坎要进我的城门。这是生死攸关的大事，即使乌鸦带来这个消息，声音也会变嘶哑的。来吧，掌管阴阳生死的幽灵，把我的阴柔变成阳刚，让残酷凝入我从头到脚的血液吧。让血液凝成固体，堵塞一切通向悔恨的通道吧。不要让天生的良心动摇我凶狠的决心，不要让动机和效果和平共处。把女人胸脯的奶水变成胆汁，你们这些无形的凶手，要让人性落入你们的陷阱。来吧，浓得化不开的黑夜，披上地狱里的浓烟迷雾，使我们锐利的尖刀也看不见砍出的伤口，连苍天也看不透一团漆黑的人心，喊不出"住手"来吧！

（马克白上。）

伟大的格拉密爵爷，了不起的考朵勋爵，还有更伟大的万众欢呼的未来！你的信使我超越了今天的无知，感到了近在目前的明天。

马克白　我最心爱的亲人，丹坎今晚要来这里。
马克白夫人　什么时候离开？

马克白　他打算是明天。

马克白夫人　但愿太阳永远也看不到那个明天！我的爵爷，你的脸孔怎么像是一本打开的书，谁都可以看得出你有不平常的心事。要让人看不出来，那就只有和平常人一样，什么都不要显露。眼睛、手和嘴巴都要会说"欢迎"，看起来像纯洁的鲜花，但实际上是藏在花底下的毒蛇。来的客人必须好好款待，今天夜晚的大事却可以交给我来办。让今夜对以后的日日夜夜都可以发生重要的影响，就像主人影响仆人一样吧。

马克白　我们再商量吧。

马克白夫人　你只要看起来像没事人一样，不要改变平时的表情，别的事都由我来办好了。

第 一 幕

第六场

英威内城堡外

（管乐声中，火炬光下，丹坎王、马康、唐纳班、班珂、连洛、马达夫、罗斯、安格及侍从上。）

丹 坎　城堡赏心悦目，空气清新甜美，令人心情舒畅。

班 珂　燕子夏天飞来庙里筑巢，说明天上人间息息相通，令人流连忘返；无论是屋檐下、画梁上，墙头还是屋角，都有飞鸟筑巢哺幼的地方，令人觉得亲切。

（马克白夫人上。）

丹 坎　看，我们高贵的主妇对我们的深情厚谊反而

成了我们的负担。我们给你添了麻烦,你反
倒谢谢我们。

马克白夫人　我们即使加倍效劳,然后又还再加一
倍,比起主公过去和现在对我们的深恩大德
来,真还是微不足道的。

丹　坎　考朵勋爵呢?我们快马加鞭想追上他,但他
心急如焚,热情比马刺还更尖,结果还是他
比我们先到了。高贵美丽的女主人,我们今
晚就是你的客人了。

马克白夫人　您的仆人已经一切准备就绪,听凭主公
吩咐,其实一切本来都是主公的赐予,我们
献上的不过是物归原主而已。

丹　坎　伸出你的手来引路,让我去看我的东道主。
我们对他恩宠有加,今后还会有增无减。你
引路吧,我的女主人。

(众下。)

25

第 一 幕

第七场

英威内城堡

(双簧管乐声中,火炬光照耀下,管家及仆人持餐具及菜肴走过舞台后,马克白上。)

马克白　如果一动手就大功告成,那自然是早下手好;如果谋杀不会引起恶果,只是以他的死亡为结局,那这一刀就是一切,并且结束了一切。——在这里,我们可以跳过这个沧海桑田的世界,也不管来世会怎么样。但是在现在的情况下,我们还是要受到审判的。我们用流血来教训别人,别人也会用流血来回报我们;这种双向的公平使我们灌别人的毒酒,也会灌入我们自己的嘴唇。丹坎在这里有双重保证：首先，我们是亲戚又是君臣，都该保证他不会出事；其次，我是他的东道主，理应关门闭户使他不受伤害，怎能亲手动刀呢？再说，丹坎性格温和，办事清正，他的德行可以感动天使们为他宣传，我怎能犯下谋害他的罪名！同情心像赤裸裸的新生婴儿会乘风破浪，像天使骑上空中无形的骏马一样会谴责这有目共睹的罪行，使泪珠成了淹没狂风的暴雨。我的图谋也像一匹骏马，但我没有马刺来催促它腾空而起，只有空空洞洞的野心，刚从左边跃上马鞍，就从右边跌落在地了。

（马克白夫人上。）

怎么样了？有什么消息吗？

马克白夫人　他快用完晚餐了。你为什么离开了餐厅？

马克白　他问过我没有？

马克白夫人　你怎能不知道他问过了？

马克白　这件事还是不要进行吧。他刚给了我这么高的荣誉，我从成千上万人口中赢得了黄金买不到的赞辞，怎能不发出新的光辉，这么快就把荣誉抛弃在地呢？

马克白夫人　你冠冕堂皇的雄心壮志难道只是酒醉肉饱后的胡言乱语？你的雄心是不是睡着了？赶快醒过来吧！怎能这样灰溜溜地看着过去自由展开的宏图呢？从现在起，我也要重新评价你的家庭感情了。难道你的行动不敢像你的欲望那样大胆地为所欲为吗？难道你不想得到生活中你最珍视的装饰品，而宁愿过着自己也瞧不起的胆小鬼生涯？不敢像寓言中说的那样，把"我不敢"换成"我想要"？

马克白　请你不要说了。我敢做一切适合男子汉大丈夫去做的事，没有人能做得比我更多更好。

马克白夫人　那么，原来是哪个畜生要你向我敞开胸怀、吐露你的雄心壮志的？要是你真敢作敢为，那才真是个男子汉；要是你敢做一个比自己更伟大的人物，那才真是个大丈夫。从前的时间和地点并不合适，你却偏要利用那种环境；现在时间和空间都合适了，你却反而向后退缩。我知道，无论我多么热爱吸奶的婴儿，当孩子露出满脸笑容的时候，我却敢从他软绵绵的嘴唇里夺出我的乳房；如果我像你一样发过誓的话，我还敢把他的小脑袋砸破。

马克白　如果我们失败了呢？

马克白夫人　失败？鼓起勇气，坚持到底，我们就不会失败。等丹坎睡着了——他一整天奔波劳累的旅程一定会使他酣然入睡——他的两个亲随，我会用美酒把他们灌得酩酊大醉，使他们的头脑昏昏沉沉、腾云驾雾似的失去记忆，理智也随着酒精蒸发掉了。趁他们喝得烂醉如泥，睡得像死猪一般的时候，对一个毫无防范的丹坎，你我还有什么做不到的事情？还有什么罪名我们不可以加到那两个像海绵吸酒一般烂醉的侍卫官身上？

马克白　你这样大无畏的精神生出来的孩子一定是英雄好汉，哪里会是柔弱女子呢？不过，即使我们把他房里两个熟睡的侍卫官涂得满身鲜血淋淋，刀上也血迹斑斑，人家会相信他们

　　　　　是杀人的凶犯吗？
马克白夫人　谁敢不相信？只要我们对他的死亡表现
　　　　　得悲痛万分，号哭得呼天抢地，谁敢不相信
　　　　　呢？
马克白　好，就这样定了吧。
　　　　我要拿出全身的力量
　　　　来干这个可怕的勾当。
　　　　去吧，外表要装模作样，
　　　　掩盖这万分狠毒的心肠。
　　　　（同下。）

第 二 幕

第一场

马克白城堡内

（班珂及弗兰斯持火炬上。）

班　珂　孩子，夜深了吗?

弗兰斯　月亮已经西下。我还没有听到钟声。

班　珂　月亮西下就是十二点了。

弗兰斯　我看还更晚呢，父亲。

班　珂　等一等。拿着我的剑。（把剑给弗兰斯。）天上也在节约，星光全熄灭了。接住这个。（脱下外衣。）沉重的睡意像铅块一样压在我身上，但我却还不想去睡。慈悲的神明，压制那些人一有闲就会自然想起的不好念头吧！（马克白及

　　　　仆人持火炬上。）

　　　　拿剑给我。（接剑。）——来的是谁？

马克白　一个好人。

班　珂　怎么，老兄还没休息？主公已经入睡了。他今天高兴得不得了，重赏了你的家人。（拿出钻石。）这块钻石是送你夫人的，他说她是最贤惠的主妇，使他感到说不出的满意。

马克白　我们来不及做准备，所以心有余而力不足，如果时间充裕，招待可能更加周到。

班　珂　已经很不错了。我昨夜还梦见那三个女巫呢，她们说你的话倒有点说对了。

马克白　我倒没有想到她们。不过，如果你有空闲时间的话，我们倒可以谈几句，你有时间吗？

班　珂　等你有时间再说吧。

马克白　如果你同意我的话，到时你会有好处的。

班　珂　好处谁不想要？我当然也不肯坐失良机。不过得到好处也要胸怀坦诚，只要问心无愧，我自然会听你的。

马克白　现在，好好休息去吧。

班　珂　谢谢老兄，彼此彼此。

（班珂及弗兰斯持火炬下。）

马克白　去告诉夫人：宵夜酒准备好了就拉铃。你也睡去吧。

（仆人下。）

我面前是一把匕首吗？刀柄一伸手就可以拿得着。但我伸手并没有拿住，却看见它还在眼前。刀啊，难道你只是可望而不可即的幻象？或者是心灵制造的假象，头脑一发热就制造出来了？我现在还看得见你，形状就和我手里拿的刀一样，几乎可以摸得着。你指引着我前进的方向，你就是我要使用的工具。我的眼睛不是受了其他感官的骗，就是骗了其他感官。我还看见你呢。刀锋和刀柄上都血迹斑斑了，原来并不是红的呀。哪里来的血呢？恐怕是流血事件预先通知了我的眼睛吧。现在半个世界似乎死气沉沉，噩梦正在扰乱帐中的睡眠；巫术正从巫神的祭品中吸取力量，狼是谋杀者的前哨，狼嚎是谋杀的口令，阴险的谋杀者像亡国之君的阴魂，偷偷地迈开步伐走向他的目标。——稳如大山、坚如磐石的大地,不要听见我的脚步走向何方,以免路上的石头会泄露我的行踪,使黑夜失去了掩盖罪恶的气氛。——我在威胁他的生存,他却在威胁中活着。语言给热血沸腾的行动吹上了冷气。

(铃声)铃响了,我去了,你完了。

  听见没有,丹坎,这是你的丧钟,

  你不是落下地狱,就是飞上天空。

(下。)

第二幕

第二场

马克白城堡内

（马克白夫人上。）

马克白夫人　酒能醉人，也能壮胆；能淹死人，也能点燃心中的火。听！静一静！——这是猫头鹰在凄凄惨惨地向黑夜告别的啼声。他正在动手，门还是开的，酒醉肉饱的侍卫正在用鼾声来代替值夜的口令；我在他们的酒里放了麻药，醉得他们看不出来是睡着了还是死了。

（马克白持血污的匕首上，夫人没有看见。）

马克白　谁在那里？是哪一个？

马克白夫人　唉，我怕事情还没干好，他们就醒过来了。使我们心乱如麻的是我们的企图，而不是结果。听！我已经把匕首放好了，他不会找不到的。如果不是丹坎的睡相像我的父亲，我自己就动手了。（看见马克白。）我的夫君？

马克白　我已经干完了。你没有听到什么动静？

马克白夫人　我只听到猫头鹰的啼声和蟋蟀的鸣声。你没有说话吗？

马克白　什么时候？

马克白夫人　刚才。

马克白　我下来的时候？

马克白夫人　对。

马克白　谁睡在他隔壁的房间里？

马克白夫人　唐纳斑。

马克白　（看自己的双手。）做了多惨的事！

马克白夫人　这是什么傻话！胡说什么惨事！

马克白　他们一个睡着发笑，一个喊："杀人了！"他们彼此吵醒了。我站在那里听，他们各说了一句祷词，又睡着了。

马克白夫人　是两个人睡一间房。

马克白　一个说："上帝保佑我们！"另一个说："阿门！"他们仿佛看见我举着杀人的手，我听到他们害怕的声音。当他们说"上帝保佑我们"时，我却说不出"阿门"来。

马克白夫人　不要想得太远了。

马克白　为什么我连"阿门"都说不出来呢？当我最需要祝福的时候，"阿门"却堵住了我的喉咙。

马克白夫人　这种事不能这样想，否则，我们会发疯的。

马克白　我好像听见说："不要睡了！马克白已经杀死了睡眠。无忧无虑的睡眠卷起了苦闷缠绕的衣袖，是一天生活的终结，辛勤劳动后的浴池，医治心灵创伤的灵丹妙药，大自然提供的丰富营养，人生盛宴上的压轴戏"——

马克白夫人　你这样说是什么意思？

马克白　那个声音还在对全屋的人喊叫："不要再睡了，格拉密已经杀死了睡眠。因此，考朵不能再睡，马克白也不能再睡了。"

马克白夫人　谁在这样喊叫？怎么，了不起的爵爷，你怎么浪费你宝贵的精力去胡思乱想呀？快去用水洗干净你手上肮脏的证据吧。你为什么把匕首都带到这里来？应该放在原来的地方。去，快点送回去，放到两个睡死了的侍卫手里，给他们的手上涂点血！

马克白　我不去了，一想到我干的事都害怕，哪里敢再去看？

马克白夫人　怎么这样脆弱！把匕首给我！（接过匕首。）睡着了的人和死人一样，都不过是图画上的人罢了；只有小孩子的眼睛才会害怕画出来的魔鬼呢。如果他还在流血，我就要给侍卫的脸上染色，一定要看起来像是他们犯下的罪行。（下。）

（内敲门声）

马克白　哪来的敲门声？我是怎么了？什么声响都会吓我一跳。嘿！瞧！我这双手居然要挖我的眼睛，大海的水能洗净我手上的血迹吗？不能。恐怕我的手倒会把大海的碧波染成红色的海洋呢。

（马克白夫人上。）

马克白夫人　我的手和你的手也是一样的颜色了。要是我的心也变得像你的那样苍白无力,那我的脸也要变得惨白了。(内敲门声)——我听见有人敲南门!赶快回卧房去,用一点水把这件事的痕迹洗掉,你看多容易!你平时坚强的性格到哪里去了?(内敲门声)——听!又有人敲门了,快去披上你的睡衣,不要让人看出你还没有睡呢,也不要看起来这样心事重重!

马克白　没有忘记过去的我,怎能干出现在的事?

(内敲门声)——

敲门吧,但愿你们能敲得丹坎起死回生!

(同下。)

第 二 幕

第三场

同前

（内敲门声。一门卫上。）

门 卫 的确是有人敲门！要是有人给地狱看门，那他可得一天到晚开锁了。

（内敲门声）

敲吧，敲吧，敲吧！是谁呀？我用魔王的名义问你：是不是一个丰收年想发财却碰到粮价低贱反而上吊的老农呀？你来得正是时候，这里有的是手巾，擦擦你的汗吧！

（内敲门声）

敲吧，敲吧！是谁呀？我用魔鬼的名义问你：说老实话，不许再脚踏两只船了，不要再翻手为云覆手雨了!你这样兴风作浪是上不了天堂,只会下地狱的。

(内敲门声)

敲吧,敲吧,敲吧!谁呀?是不是偷工减料的英国裁缝?怎么,你还要到地狱里来偷鸡摸狗吗?

(内敲门声)

敲吧,敲吧,一刻不停!你是什么人?这里比地狱还冷。我也不想替魔鬼守门了;倒想放些不三不四的人进来,走上玫瑰盛开的道路,却走向不得翻身的火山炼狱。

(内敲门声)

来了,来了!请你不要忘了给你开门的人!

(马达夫、连洛上。)

马达夫　老兄,是不是昨夜睡得太晚,今天起得也晚呀?

门　卫　说老实话,大人,昨夜喝酒喝到鸡叫两遍了。喝酒真有好处,至少也有三点。

马达夫　哪三点呀?

门　卫　圣母在上,一是大酒糟鼻子,二是睡大觉,三是大撒尿，还有欲火大烧。喝酒惹得你欲火上升，却又让你硬不起来，所以，可以说是它有软硬两手。酒使你道是无情却有情，鼓励你上阵，却又让你败下阵来，使你站起，却又让你躺下。总而言之，叫你上得了床，下不了台。

马达夫　我想，你昨夜也喝得下不了台吧？

门　卫　的确，酒还没下喉咙，我就呕起来了。可见我比酒强，它强迫我的腿站不稳，我却强迫它从嘴里吐出来。

马达夫　你们爵爷起来没有？我们敲门恐怕吵醒了他。

（马克白上。门卫下。）

你早，爵爷。

马克白　你们两位都好。

马达夫　主公起来没有，爵爷？

马克白　还没起来。

马达夫　他昨晚要我到时间提醒他，我怕误了时间。

马克白　我带你去见他。

马达夫　我知道你很乐意同去，但这还是太麻烦你了。

马克白　身子动动也很舒服。主公就在这个门内。

马达夫　我就大胆进去了，因为这是主公安排的。

（马达夫下。）

连　洛　主公今天就走吗？

马克白　是的，他昨天是这样确定的。

连　洛　夜里真乱，我们睡的房子烟囱都给狂风刮倒了。他们还说，听到空中有啼哭声；死亡发出了悲叹哀鸣，恐怖的声音预告这个可悲的时代正在酝酿着危险的动乱和恐怖的事件。还有若隐若现的怪鸟没完没了地叫了一夜。有人说地球热得发烧又冷得发抖了。

马克白　的确是不寻常的一夜。

连　洛　即使我年轻的时候，也不记得有过这样的日子。

（马达夫重上。）

马达夫　啊！不得了，不得了，不得了！想也想不到，说也说不出的恐怖！

马克白、连洛　出了什么事？

马达夫　罪恶已经登峰造极了，谋杀居然落到了戴王冠的头上。王冠是上帝的恩赐，但是戴王冠的人却失去了生命。

马克白　你说什么？失去了生命？

连　洛　你说的是主公吗？

马达夫　你们进房间去看看，就会吓得目瞪口呆，变成石头人了！不用要我说了，你们去看了，再自己说吧。

（马克白、连洛下。）

起来吧！起来吧！赶快敲警钟！这是谋杀！这是造反！班珂、唐纳斑！马康！起来！不要睡在温暖的床上，睡眠就是假死，而现在面对的是真正的死亡！起来，起来，看看世界末日的形象！马康、班珂，从你们的坟墓里爬起来，像幽灵一样快来面对恐怖吧！快敲警钟！

（警钟鸣声中，马克白夫人上。）

马克白夫人　出了什么事呀？这样吵吵闹闹，把全屋的人都吵醒了，难道是要和敌人打交道？说呀，说呀！

马达夫　啊，可怜的夫人，我能说的，都不是你能听的，要在夫人耳中再讲出我亲眼所见的，那就是谋杀。——

（班珂上。）

啊，班珂，班珂，主公遭到谋害了！

马克白夫人　哎呀！大祸临头。怎么会在我们家里！

班　珂　在哪里都是一样惨不忍睹。马达夫，我真希望你能反驳自己，说你的话都是假的。

（马克白、连洛、罗斯等上。）

马克白　假如我在前一个小时死了，那可以算是过了幸福的一生。从现在起，生命已经没有意义，一切都不足道，名誉和美德都已经死亡。人生的美酒已经喝完，剩下的只是供酒窖夸口的渣滓了。

（马康、唐纳斑上。）

唐纳斑　出了什么事？

马克白　你们出事啦！你们还不知道：你们生命的源头活水已经枯竭。王室、王国的首脑出事啦！

马达夫　你们的父王被谋害了。

马　康　啊，凶手是谁呀？

连　洛　看来似乎是他同房间的人，他们手上、脸上都还有血，我们发现匕首上的血还没擦干就丢在枕头上了。他们瞪着眼睛，脸上惊慌失措。怎么能把生命的安全交托给他们呢！

马克白　唉！我真后悔，不该一怒之下就把他们杀了。

马达夫　你为什么要杀他们？

马克白　谁在气头上能够明智，既愤怒又镇静，既忠心耿耿，又心平气和？我沸腾的热血像火山爆发，把冷静的理智远远抛在后面：一边躺着主公，玉体上闪烁着鲜血的金光，冒血的出口正是死亡的入口；另一边是浑身血污的凶手，匕首似乎还穿着鲜血淋淋的裤套。只要是血性男儿，谁能不拔刀相向呢？

马克白夫人　（晕倒。）啊！快来扶我进去。

马达夫　快去照顾夫人。

马　康　（对唐纳斑旁白）这是有关我们的大事，怎能不说话呢？

唐纳斑　（对马康旁白）这里危机四伏，我们不要落入阴谋的圈套，有什么好说的？我们的眼泪还流不完呢！

马　康　（对唐纳斑旁白）我们的灾祸还刚刚起步呢。

班　珂　扶夫人进去吧。

（侍从扶马克白夫人下。）

隐藏的事实真相还没有赤裸裸地暴露，我们要商量如何深入查清这桩血案。恐惧和疑虑震动了我们，但是上帝保佑，我一定要揭穿这伪装之下的罪大恶极的阴谋。

马达夫　我愿效劳。

众　人　大家同心协力干吧。

马克白　现在要拿出男子汉的勇气去大厅商量吧。

众　人　去吧。

（众下。马康和唐纳斑留台上。）

马　康　你怎么办？我们不要和他们同去。没有感到悲哀的局外人要装出悲哀来并不难。我要到英格兰去了。

唐纳斑　我要去爱尔兰。分道扬镳更加安全。在笑里藏刀的地方，越是血统亲近，越会要你的命。

马　康　毒箭还没落下，我们千万不要中箭。快上马吧，不要计较虚情假意的告别仪式了。

只要能保全性命,

别指望手下留情!

(同下。)

第 二 幕

第四场

马克白城堡外

（罗斯与老人上。）

老　人　七十年来，我经历过可怕的时刻，看见过稀奇的事情，但是昨夜的惨剧使过去的一切都黯然失色了。

罗　斯　哈，老人家，你看老天是不是对人的胡作非为感到恼火，来对人的流血舞台发出威胁了？按照时辰来看，现在应该是大白天，但是黑暗却仍然笼罩着东奔西走的天灯。是黑夜在横行霸道，还是白天无面目见人，在生命的阳光应该吻遍地面的时候，却让黑暗把大地埋进了坟墓？

老　人　这的确是反常，就像昨夜的惨剧一样。上个星期二，有一只翱翔高空的雄鹰居然被一只吃老鼠的猫头鹰一嘴啄死了。

罗　斯　还有丹坎最喜欢的又快又好的骏马——这是稀奇的真事——忽然野性发作，跑出马厩，横冲直撞，仿佛向人类宣战似的。

老　人　听说它们还互相咬了起来。

罗　斯　的确是自相残杀，看得我心惊肉跳。

（马达夫上。）

马达夫来了。事情怎么样？

马达夫　怎么，你没看见？

罗　斯　知道是谁干下这不寻常的惨案吗？

马达夫　还不就是马克白杀掉的那两个寻常人。

罗　斯　老天在上，他们作案能得到什么好处呢？

马达夫　据说他们是被利用的。马康和唐纳斑两个王子却偷偷地溜走了，这使他们也沾上了嫌疑。

罗　斯　那更是反常了。为什么要除掉亲人、去抢夺亲人答应给自己的东西呢？这样看来，王位要落到马克白身上了。

马达夫　他已经得到了推举,要到古都去登位了。

罗　斯　那丹坎的遗体呢?

马达夫　要送到皇家陵园去,王室祖先都葬在那里。

罗　斯　你到古都去吗?

马达夫　不,老表,我要到菲府去。

罗　斯　我倒要去古都看看。

马达夫　但愿古都一切都好,只是新人不是旧人了。

罗　斯　再见,老人家。

老　人　但愿你能得到上帝保佑,

　　　　还能化恶为善,化敌为友。

　　　　(同下。)

第 三 幕

第一场

苏格兰皇家城堡内

（班珂上。）

班珂　你现在全有了：国王、考朵勋爵、格拉密勋爵，一样也不缺，都和女巫说的一模一样，不过，我怕你得到王位的手段并不正当。但是你的王位并不能够传给子孙，而我却可能是帝王的先人。如果女巫说的话在你马克白身上得到了证明——她们的预言的确使你光芒万丈——那为什么不会在我身上灵验、不会使我对未来也抱有希望呢？但是，不要说了。

（号角齐鸣。马克白穿王服、马克白夫人穿

王后服、连洛、罗斯、大臣及侍从上。)

马克白　我们的贵宾在这里了。

马克白夫人　如果晚宴上没有他，那就像是酒席桌子开了裂，酒菜也不能得其所了。

马克白　我们今晚要举行盛大的宴会，务必请你光临。

班　珂　主上的盼咐有如不解的情缘，我哪里敢不从命？

马克白　今天下午你还骑马驰骋吗？

班　珂　是的，主上。

马克白　我们本来想在今天的会议上听听你的意见——因为你的话既有理又有用——但等明天再说吧。你今天骑马要走多远？

班　珂　我是有多少时间就骑多久的马。在晚餐前驰骋最好，有时马跑慢了，还不得不向黑夜借上一两个小时呢。

马克白　但是不要误了我们的晚宴。

班　珂　不会的，主上。

马克白　听说两个手染鲜血的王子逃到英格兰和爱尔兰去了，他们不但不承认他们的血腥罪行，反而向听众散布莫名其妙、凭空捏造的流言蜚语。不过，这些事等明天开会再商量好了。你现在骑马去吧，等你晚上回来再见。弗兰斯和你同去吗？

班　珂　是的，主上，我们的时间到了。

马克白　希望你的马跑得又快又稳，你可以稳坐马背。再见。

（班珂下。）

大家今晚七点以前都各做各的事。小别使重聚更快活，在晚宴前，我们都自由活动吧。再会！

（众大臣下。马克白及一侍仆留台上。）

来，我问你一句话：那两个人在等候吩咐吗？

侍　仆　主公，他们在宫门外等着呢。

马克白　把他们带来。（侍仆下。）

做到这样不算什么，但要坐稳并不容易。我对班珂的担心根深蒂固，他对王室忠心耿耿的天性是最可怕的。他敢作敢当，生来什么也不害怕，他的勇气又有智慧引导，行动起来不会出事。没有谁比他更叫我担心的了；

有了他，我的本领不能充分发挥，就像有了凯撒，安东尼的才能不得完全显示一样。他责备那三个女巫不该给我国王的称号，却要她们谈他自己，她们说他会有王子王孙；那我头上戴的岂不是后继无人的空头王冠，手上拿的岂不是徒有空名的王笏？他岂不是剥夺了我子孙的继承权？如果这样，我岂不是为了班珂的子孙而狠下心肠，谋杀了慈悲为怀的丹坎，毒害了我内心的安宁，使我成了人民的公敌，却使班珂的子孙来继承王位？与其如此，还不如和命运进行一次决斗，不是胜利，就是死亡呢！——是谁？

（侍仆及二刺客上。）

（对侍仆）你到门口去，等我叫你再进来。

（侍仆下。）

是不是我们昨天谈过了？

二刺客　是的，主上。

马克白　那么，你们考虑了我的话没有？要知道他们过去害得你们好苦，却把恶名都加到我头上；这点我上次已经对你们说清楚，并且拿出证据来说明你们怎么成了上当受骗的工具，只要不是疯子，哪怕一知半解的人也可以看出来：这是班珂干的事。

刺客甲　这点我们明白。

马克白　不错，我还更进一步，那就是我们这次会面的原因。你们觉得你们的天性还能忍耐下去吗？难道你们还要虔诚得为这个好人和他的子孙祈祷祝福吗？他的铁拳却要把你们压进坟墓，让你们的子孙永远乞讨为生啊。

刺客甲　我们还是人呢，主上。

马克白　是的，你们是人，就像猎狗、灰毛狗、杂种狗、长毛狗、野狗、癞皮狗、赶鸭子的狗、狼狗都是狗一样，有的跑得快，有的慢，有的灵，有的看门，有的打猎，各有各的用场，各有各的名字，但总起来说都是狗；人也一样。现在，如果你们要摆脱下人的地位，我可以给你们一个差事。只要你们做得到，就可以出一口气，同时也为我消了气，又可以提高你们的地位，何乐而不为呢？只要他还活着，我心里就有气，他一死，我的气也就消了。

刺客乙　主上，我也受够了气，只要能出气，我干什么都不怕。

刺客甲　我也一样，在世上碰得头破血流，我没有什么不敢干的，不是干得时来运转，就是粉身碎骨也不在乎。

马克白　你们都知道班珂是你们的冤家对头？

二刺客　是的，主上。

马克白　他也是我的冤家对头，使我有切身之痛，他活着的每一个小时都要刺痛我的心；虽然我可以不顾情面把他扫出宫廷，但是最好不这样做。因为我有些朋友也是他的朋友，我不能失掉这些朋友的支持，甚至即使打倒了他，我也要表示难过。因此，我不得不找你们两个帮忙，为了重要的理由，还不能让这件事暴露在光天化日之下。

刺客乙　我们会按照主上的意思去做。

刺客甲　即使有生命的——

马克白　你们的精神已经显示出来了。最多在一个小时之内，我会告诉你们到哪里去动手，今天晚上什么时间最好，离开宫廷远点，千万记住：不要把我牵扯进去！干掉他——不要留下后患——他的儿子弗兰斯和他在一起，干掉他们父子二人都一样重要，要把他们一同送进黑暗的地狱。你们先去商量一下，我等一会儿再去找你们。

刺客乙　我们已经决定了，主上。

马克白　我一会儿再告诉你们。

（二刺客下。）

　　　　班珂，你的灵魂要上天堂，

　　　　那就一定是在今天晚上。

（下。）

第 三 幕

第二场

马克白城堡内

（马克白夫人及侍仆上。）

马克白夫人　班珂离开宫廷了吗？

侍　仆　是的，夫人，但是今晚还要回来。

马克白夫人　告诉主上：等他有空，我要和他说话。

侍　仆　是，夫人。（下。）

马克白夫人　花了力气，却无所得；欲望满足了，但并不满意；这样看来，害人者焦虑不安，高兴不起来，反而不如受害者心安无事了。

（马克白上。）

怎么了，夫君？为什么一个人胡思乱想，尽和那些应该同死者一起埋葬的思想打交道！不可挽回的事就不要再考虑了；做了就算完了。

马克白　蛇受了伤，但没有死，等伤一好就复原了，还会再用毒牙来咬人的，那我们就危险了，要提防它的牙齿啊。与其这样每天吃喝都要提心吊胆，睡觉也要担惊受怕，每夜受到噩梦纠缠，那还不如让世界解体，天崩地裂呢。为了得到安宁，我们却把死者送进安宁中去；自己表面上欢欢喜喜，实际上却局促不安，担惊受怕。丹坎进了坟墓，经历了人生的阵痛之后，他已经安然入睡，阴谋诡计无论多么恶毒，钢刀毒药，内忧外患，都再也不能加害于他了。

马克白夫人　得了，我的好夫君，不要绷紧了脸，放松点吧。今晚招待客人可要显得高兴点啊。

马克白　我会的，亲爱的夫人，请你也要一样，尤其是对班珂，眼睛和舌头都要到位，显得对他与众不同。我们现在并不安全，在歌功颂德的人流中，我们要戴上假面，掩盖我们的真心。

马克白夫人　不要这样说了。

马克白　我还有放心不下的蝎子,我的好夫人,你知道班珂和弗兰斯还活着呢。

马克白夫人　但蝎子并不是天生不死的。

马克白　那才还有希望,他们并不是刀枪不入的;高兴一点吧。等到蝙蝠绕梁飞了几圈,等到浑身漆黑的巫神把硬壳虫从粪坑里挖出来,发出了嗡嗡的晚钟声之后,你会听到消息的。

马克白夫人　什么消息?

马克白　消息不要紧,我的好夫人,值得欢迎的是事情。——来吧,黑夜,让白天闭上眼睛,用无形的血手来扼杀使我胆战心惊的厄运吧。天暗了,乌鸦归林,白天在萎缩,夜神伸出了黑手。要坏上加坏,坏才能不败啊。跟我来吧。(同下。)

第 三 幕

第三场
距苏格兰城堡约一哩处

（三刺客上。）

刺客甲 （对刺客丙）谁叫你来的？

刺客丙 马克白。

刺客乙 不要怀疑他了，他说出的任务和执行的方法，都和我们得到的指示是一样的。

刺客甲 那就和我们一起干吧。西方还闪烁着白天的<u>丝丝</u>余光，赶路的旅客正在快马加鞭要上旅店。我们等候的人也快来了。

刺客丙 听，有马蹄声。

班　珂 （在幕后）喂，拿火把来！

刺客乙 就是他，别的客人都已经在宫中了。

刺客甲　他的马牵走了。

刺客丙　离宫门还有一哩路,他和大家一样,这一哩路都是走着去的。

（班珂同弗兰斯执火炬上。）

刺客乙　有火光了,火光!

刺客丙　那就是他。

刺客甲　准备动手。

班　珂　（灭火。）今晚要下雨了。

刺客甲　那就下手吧!

（三人刺班珂。）

班　珂　啊,行凶了!快跑吧,弗兰斯!快跑,快跑,快跑!要报仇!

——啊,该死的!（死。）

刺客丙　谁吹灭了火?

刺客甲　难道不应该吗?

刺客丙　只倒了一个,儿子跑了。

刺客乙　那可是因小失大了。

刺客甲　回去复命吧。

（同下。）

63

第 三 幕

第四场

苏格兰王宫宴会厅

(宴席准备就绪。马克白夫妇、罗斯、连洛、大臣及侍从上。)

马克白　请大家入席,各就各位,我表示衷心欢迎。

众大臣　谢谢主公。

马克白　我将先占主位,与大家开怀畅饮,夫人暂不离位,等等也会向大家表示竭诚欢迎。

马克白夫人　主公,就请代向各位贵宾表示热烈欢迎吧。

(刺客甲上,站立门口。)

马克白　瞧,他们也在对你表示衷心感谢,彼此彼此;我要坐在诸位当中,请诸位务必开颜欢笑，然后痛饮一醉。

（走到门前，对刺客甲）你脸上有血。

刺客甲　那就是班珂的了。

马克白　你脸上有血比他心里有好。送他走了吧？

刺客甲　主公，他的喉咙断了，那是我下的手。

马克白　你是对付喉咙的好手。对付弗兰斯的也可以比美。如果都是你一手干的，那简直是天下无双了。

刺客甲　主公，可惜弗兰斯跑掉了。

马克白　那可是祸根了，否则真是无话可说：外表像大理石，内心又像岩石，自由得像空气；现在糟了，好像关了禁闭，加上万箭穿心，真是手足无措，不得动弹，又要忍受加油加酱的疑虑和恐惧了。不过，班珂总算完事大吉了吧？

刺客甲　是的，主公，他安然躺在泥沟里，头上有二十个伤口在流血，最小的一个也可以致死命了。

马克白　那真要谢谢你。——大蛇送了命，小蛇却逃了生，虽然现在牙齿不够尖利，但毒气还是叫人吃不消的。——去吧，明天你来，再对你说。

（刺客甲下。）

马克白夫人　主上，你不来敬酒宴客，那酒席就成了酒店，还不如在家里自饮自乐了。给酒菜加味的就是宴席的气氛；气氛就是宴席华丽的外衣。

（班珂的阴魂上，坐上马克白的主位。）

马克白　谢谢你提醒我；消化好需要胃口好，两样都好才能身体健康。请大家开怀畅饮吧。

连　洛　请主公入席就座。

马克白　现在全国的精英汇聚一堂，可惜我们尊重的班珂不在场，不知道他为什么这样粗心大意，不会有什么意外事故吧？

罗　斯　他不出席只能怪他自己。请主公入御座吧。

马克白　怎么座无虚席呀？

连　洛　主公的御座还空着呢。

马克白　在哪里？

连　洛　这里。主公怎么脸色变了？

马克白　这是谁干的好事？

众大臣　什么事呀,主公?

马克白　你不能说是我干的;不要摇晃你血污的头发!

罗　斯　诸位请起吧,主公不舒适了。

（众大臣起立。）

马克白夫人　尊贵的客人,请坐下吧。主公从小就有这个毛病,请大家不必离席,他过一会儿就会好的。如果你们太注意他,他反倒要发脾气了。吃吧,不要管他。

（对马克白旁白）你还是个男子汉吗?

马克白　（旁白）还是个大丈夫呢。连会吓到魔鬼的也休想吓倒我。

马克白夫人　（旁白）啊,胡说八道!你害怕都印到脸上来了,这就是你所说的引导你去找丹坎的空中匕首。啊,你的一举一动都是恐惧的复制品,你的表情就像年幼无知的孙子孙女,冬天坐在火炉旁边,听老祖母讲陈年累月的恐怖故事吓出来的样子。你看来看去,不过是把空椅子嘛。

马克白　看这里,看看看!——你怎么说?怎么?我在乎什么？你会摇头就说话呀！坟墓里埋的会起死回生，还有鹰嘴呢！

（班珂的阴魂下。以下都是二人旁白。）

马克白夫人　这样胡言乱语，还成男子汉吗？

马克白　如果你看见我站在这里，我就看见了他坐在那里。

马克白夫人　去你的吧，你怎么不怕难为情？

马克白　从前的法令没有清算罪恶，不能保障公共福利，所以流血斗争是常有的事。唉，从那以后，谋杀事件就层出不穷，骇人听闻。不过那个时候，只要脑浆迸裂，人就死了，事情也就完了。不过现在不同，死人还会再站起来，即使头上还有二十个致命的伤口，他还会把我们赶下席位呢；这可是比谋杀还更稀奇古怪的啊。

马克白夫人　尊贵的主公，客人们还等着你呢。

马克白　我忘了。（旁白结束。）

（大声）不要这样惊讶地瞧着我，我的贵宾们，我有一个古怪的毛病，见惯了的人就觉得不足为奇了。来吧，祝大家又幸福又健康。然后我再入座。——

（对侍仆）给我把酒斟满。——

（班珂阴魂又上。）

我祝全体贵宾幸福欢乐，也为我们不在场的好友班珂祝酒！请他和大家一同开怀畅饮。

众大臣 （饮酒。）敢不从命，保证干杯。

马克白 （看见阴魂。）滚开！不要玷污了我的眼睛！躲进坟墓里去吧。你已经骨枯血冷，瞪着眼睛也视而不见了。

马克白夫人 各位请不要见怪，这只是他的老毛病，可惜扫了大家的兴。

马克白 我天不怕，地不怕，哪怕你就是俄罗斯的粗毛野熊、披甲戴盔的犀牛、加斯滨海外的猛虎。不管你是什么奇形怪状，我坚强的神经决不会震颤；即使你死而复生，向我挑战，到渺无人烟的荒漠中去用刀见个高下，要是我的手发了抖，你就可以说我还比不上弱不禁风的少女，甚至不如襁褓中的婴儿。滚开吧，可怕的幽灵阴魂，虚无缥缈的幻影，滚开吧！

（班珂阴魂下。）怎么，你到底走了，我也复原了。——

（对众大臣）请大家就座吧！

马克白夫人　你已经吓得欢乐搬了家，用意外的纷乱破坏宴会的气氛了。

马克白　难道这像夏天的云彩一样，是司空见惯的事吗？你们看了吓得我脸白如纸的鬼影，却都脸色红润得像没事人一样，这倒真是咄咄怪事了。

罗　斯　主公，你看见什么了？

马克白夫人　请你不要问了，你越问他越生气。请大家立刻散席吧，也不必拘礼推让先后的次序了。

连　洛　晚安，希望主公早早康复。

马克白夫人　祝大家晚安。

（众大臣下。马克白夫妇留台上。）

马克白　据说，血债要用血来还。就是顽石点头，树叶窃窃私语，也是泄露天机的预兆。夜深了吗？

马克白夫人　差不多要和黎明交班了，也分不清是夜色还是曙光。

马克白　你看马达夫是什么意思，他居然不来赴宴！

马克白夫人　你有没有派人去请他来，主公？

马克白　我还没有派人去，就已经知道了。他们哪一家都有我买通了的仆人。——明天一早，我要去找那三个女巫，听她们怎么说，即使是最坏的消息，我也不怕从最可恶的乌鸦嘴里听到。为了这件终生大事，别的一切都得让路。我已经身陷血泊之中，后退不如前进。说来也怪，想好了的事情要做，即使没想好的也要下手，来不及仔细想了。

马克白夫人　但是也不能违背自然规律，还是睡觉去吧。

马克白　去睡吧。一动手就害怕，那是缺少经验。做坏事还年轻呢，要多多锻炼！（同下。）

第 三 幕

第五场

荒原

（雷鸣声中，三女巫上，遇赫卡特。）

女巫甲　怎么啦，赫卡特？你生气了？

赫卡特　难道我不应该生气？你们三个夜叉
　　　　居然胆大妄为，用甜言蜜语和空话
　　　　来和马克白做交易，
　　　　泄露生和死的天机？
　　　　我掌管你们的咒符，
　　　　秘密策划各种灾祸，
　　　　你们怎能不打招呼，
　　　　运用巫术却不告我？
　　　　更糟的是你们一误

再误，使他走上歧途，
他和别人都是一样，
一切只为自己着想。
现在补救还来得及：
地狱河边就是目的，
明天一早他去那里
关于命运寻根问底；
准备好你们的工具，
咒符更要准备就绪。
现在我要乘风而去，
准备个悲惨的结局；
午前有件大事要做：
月亮角上挂着露珠，
不能等它落到地面，
就用魔法把它提炼，
可以造出一些精灵，
他们能够捕风捉影，
设法迷乱人的本性，
使他不信死生有命，
失去理智，盲目幻想，

沉醉于渺茫的希望，

　　　自己以为万无一失，

　　　其实却是毫无见识。

　　　（内音乐声）

　　　听呀，看呀，在云雾里

　　　小精灵们等着我呢。（下。）

内歌声　"来吧，来吧……"

女巫甲　我们快走吧，她很快就会回来的。

　　　（同下。）

第 三 幕

第六场

苏格兰王宫中

（连洛和一大臣上。）

连 洛　我以前讲的话和你的想法真是不谋而合,事情可能有进一步的解释；不过,我总觉得巧合得有点古怪。国王丹坎的死亡使马克白难过,天哪,那是在丹坎死了以后。勇敢的班珂不该走夜路,你也可以说——如果你愿意的话——是弗兰斯杀了他,因为弗兰斯逃走了；人还是不应该深夜赶路的。谁不认为马康和唐纳斑杀死他们慈爱的父王是荒谬绝伦的事？这是罪该万死的谋杀！马克白多么难过啊！他忠心耿耿的愤怒一下就把两个酒醉肉饱、昏昏入睡的凶手杀了，这一着不是很高明也很巧妙的吗？哪一个活人听了凶手否认罪行的话，不会一怒之下就把他们干掉呢？所以，我说他一切都干得很好。假如他抓到了丹坎的儿子——幸亏老天开眼，他没抓到——他们能逃脱杀父的罪名吗？弗兰斯也会是一样。但是，不谈这些了，听说马达夫就因为随便说话，又没有参加霸道的主公召开的宴会，已经得不到信任了。你知道他去了哪里吗？

大臣　丹坎的儿子被霸道的主公剥夺了继承权，现在住到英格兰王宫里去了，受到了爱德华国王的隆重接待，并没有因为他失去了王位而对他失礼。马达夫也到英格兰去请求国王大力支援，唤起英勇善战的诺山兰王子西华德起兵——如果上天开眼大力相助——我们也许又可以餐桌上有肉吃，夜里可以安眠，不必担心宴席上的刀光血影，可以效忠受赏了，也就不过如此而已。听说苏格兰的情况激起了英格兰国王的愤怒，他已经准备要打仗了。

连　洛　马克白没有派使者去找马达夫？

大　臣　去了，回答是毫不客气的拒绝。使者愁眉苦脸地转身回答了一句，仿佛是说：你这样会后悔莫及的。

连　洛　这可是个警告，要他和马克白保持距离。愿神圣的天使飞去英格兰传递这个消息，希望我们在重重压迫下受苦受难的国家能够很快得到恢复。

大　臣　我也会同样祈祷的。

（同下。）

第四幕

第一场

山洞

（雷鸣声中，三女巫上。）

女巫甲　斑猫叫了两三回。

女巫乙　再加一回是刺猬。

女巫丙　鸟身女怪又叫道：

时间到了时间到！

女巫甲　大家围着火锅跑，

毒肝毒肠往里抛。

蛤蟆放在石头下，

三十一个昼夜啦。

睡着出汗化为浆，

流到锅里熬成汤。

（三女巫围着大锅跳舞。）

三女巫　　加倍努力不怕苦，
　　　　　煮起泡沫就跳舞。

女巫乙　　泥中毒蛇切成段，
　　　　　锅里煮熟再烘干。
　　　　　壁虎眼睛蛤蟆脚，
　　　　　疯狗舌头蝙蝠毛。
　　　　　蛇舌如叉双目盲，
　　　　　蜥蜴腿短枭翅长。
　　　　　煮出一锅地狱汤，
　　　　　魔力无穷害四方。

三女巫　　加倍努力不怕苦，
　　　　　煮起泡沫就跳舞。

女巫丙　　还有龙鳞和狼牙，
　　　　　女巫僵尸和大鲨，
　　　　　埋在苦海深渊里，
　　　　　夜里挖出毒无比，
　　　　　犹太邪教肝和脾，
　　　　　山羊胆汁杉树皮，
　　　　　月蚀之夜犯了罪，

　　　　土耳其鼻鞑靼嘴，
　　　　妓女挖开黑阴沟，
　　　　找到杀婴手指头，
　　　　投入汤里味浓厚；
　　　　再加老虎肝和脏，
　　　　煮成巫术一锅汤。
三女巫　加倍努力不怕苦，
　　　　煮起泡沫就跳舞。
女巫乙　再加冰凉猩猩血，
　　　　巫术冷热如日月。
　　　　（赫卡特上。）
赫卡特　干得不错要表扬，
　　　　个个辛苦该奖赏。
　　　　围着大锅把歌唱，
　　　　大小精灵围一圈，
　　　　唱得巫水变魔泉。
　　　　（音乐声中合唱："黑白红灰混一片……"）
　　　　（赫卡特下。）
女巫乙　大拇指头挨了刺，
　　　　大约坏事要开始。

赶快把锁开,

谁敲就进来。

(马克白上。)

马克白　怎么啦,你们这些深更半夜秘密活动的长舌妇,你们干什么来着?

三女巫　干无名有实的事。

马克白　我要你们凭本领告诉我——哪怕你们放出的风会吹倒教堂,掀起的惊涛骇浪会吞没航海的大船,或是吹折麦苗,把树连根拔起,使城堡压死卫士,王宫和金字塔坍塌倒地,大自然的宝藏全都毁灭,连毁灭者都手软了,我还是要问你们!

女巫甲　说吧。

女巫乙　问吧。

女巫丙　我们都会回答。

女巫甲　说吧,你是要听我们的话,还是直接听我们的主子说。

马克白　要你们的主子来吧,我要亲眼看看他们。

女巫甲　母猪吃了九只猪仔,把她的血倒来做汤!绞架上的凶手身上流油,把油泼到火上!

三女巫　不管高低上下，

　　　　都要显灵出马！

　　　　（在雷声中，一个戴盔的人头显灵。）

马克白　施展你无边的法力，告诉我吧！

女巫甲　他知道你的思想，

　　　　听他说，你不用讲。

显灵者　马克白，马克白，要当心马达夫！

　　　　我要去了，你的对头来自菲府。（下。）

马克白　不管你是什么，

　　　　谢谢你提醒我。

　　　　你勾起了我的恐惧，

　　　　我要再问一句——

女巫甲　他不接受请求，也不答你的话，

　　　　后面来的这位，神通更加广大。

　　　　（在雷声中，一个鲜血淋漓的孩童显灵。）

显灵童　马克白，马克白，马克白，听我说！

马克白　即使我有三只耳朵，听你也不算多。

显灵童　不怕流血，要勇敢坚强！

　　　　只要他是母亲生养，

　　　　就不能使你受损伤。（下。）

马克白　那你就活下去吧，马达夫，我何必怕你呢？不过为了加倍保险起见，还是不能让你活下去，我要让胆小怕事的恐惧感放下心来，这样才能在隆隆咆哮的雷声中安然入睡。

（在雷声中，一头戴王冠、手提树的孩童显灵。）

这是什么人？看起来像是帝王的后代，在孩子的头上却戴上了圆顶的王冠。

三女巫　听他说，不要问他。

显灵孩　要像雄狮咆哮，无所畏惧，不怕阴谋诡计，马克白是无敌的，除非比南森林移到登西兰高山上来了。

马克白　这是不可能的。谁有本领把森林从土壤中连根拔起来呢？这是吉祥的好兆头！在坟墓中不安于位的鬼魂啊，你能拔起森林就从坟墓里出来吧，而高高在上的马克白却会像天长地久的森林一样毫不动摇，只向时间和生死规律付出人头税的。不过，我的心跳得厉害，急于想知道未来的事。你有没有无边的法力告诉我：班珂的子孙会不会登上王位？

三女巫　不该知道的，就不要多问。

马克白　我一定要知道。不告诉我，你们就会受到天长地久的诅咒！告诉我吧。大锅怎么沉下去了？这是什么响声？

女巫甲　给他看。

女巫乙　给他看。

女巫丙　给他看。

三女巫　让他的眼睛看，伤他的心，

来时像幻影，去时像幽灵！

（出现八个国王的幻影。最后一个是班珂，手拿魔镜。）

马克白　你看起来像地下班珂的阴魂！第一顶王冠刺痛了我的眼睛；怎么，第二个戴王冠的头发和脸孔都像第一个；第三个又像第二个。——该死的母夜叉，干吗给我看这些？——第四个，瞪起眼睛来看吧！——怎么这样没完没了！难道一直要看到天崩地裂？又来了一个？第七个了？我不想看下去，但又来了第八个，还带了一面镜子，要照出更多的王冠来，有的还是双重冠冕、三根王笏呢。真可怕！看来是真的了。因为血污的班珂还在对我微笑，指着这些都是他的子孙呢。

（八个幻影下。）

怎么，真是这样的吗？

女巫甲　唉，事情就会是这样，

马克白为什么惊慌？

姐妹们，要使他高兴，

要表现欢乐的精神。

我使空中奏起乐来，

大家跳舞也要欢快。

为了要国王说好话，

我们要热烈欢迎他。

（三女巫跳舞后消失。）

马克白　她们到哪里去了？让这个该死的日子永远从日历中消失吧！谁在外面？

（连洛上。）

连　洛　主公有什么吩咐？

马克白　你看见那几个女巫了吗?

连　洛　没有,主公。

马克白　她们没有走过你身边?

连　洛　真没有,主公。

马克白　她们经过的地方都被污染了,相信她们的人都该死!我听见马蹄声,是谁来了?

连　洛　来了几个使者,向主公报告马达夫逃去英格兰的消息。

马克白　他逃到英格兰去了?

连　洛　是的,我的好主公。

马克白　时间啊,你跑得比我想下手的恐怖事件还更快。如果不是想到就做,那再快的打算也要落后于行动的。从现在起,我心里想到的第一件事就是我要动手干的第一件事。目前,我要用行动来为我的念头加冕,立刻去突然袭击马达夫的城堡,拿下菲府,用刀锋来对付他的妻子儿女,还有那些和他有血缘牵连的倒霉家属。不能再像傻瓜一样去夸海口了,要趁热打铁,在念头还没有冷下去之前,就要先干起来。不要再看什么幽灵幻影了。——

（问连洛。）那几个使者在哪里？我要见到他们。

（同下。）

第四幕

第二场
马达夫在菲府的城堡

(马达夫夫人、儿子及罗斯上。)

马达夫夫人　他为什么要逃到国外去?

罗　斯　夫人,不要着急!

马达夫夫人　他为什么要着急呢?逃到国外去真是发疯了。我们又没有做什么亏心事,逃走反倒像是负心人了。

罗　斯　你并不知道他逃走是聪明还是害怕。

马达夫夫人　这算什么聪明:离开他的妻子、孩子、城堡、爵位,一个人跑去国外?他不爱我们,他没有天生的亲情,连鹪鹩都不如,鹪鹩虽小,为了保护巢中的幼鸟,还会和猫头鹰做斗争呢！他逃走完全是害怕，一点亲情都没有，也太不聪明，逃到国外去是没有道理的。

罗　斯　我的好嫂子，请你不要随便说话。谈到你的丈夫，他是个高尚而又聪明的人，又有机智，善于临机应变。我不敢再多说了。这个时代太不合情理，我们自己也会莫名其妙就成了造反派，我们害怕出什么事，却把我们害怕的事当作流言蜚语向外散播了。我们就像在惊涛骇浪的海上漂流一样，随便漂到哪里，也都没有出路。我要向你告辞了，不消多久就会再回来的。事情坏到了底，总会反过来的，说不定还会恢复老样子呢。——我的小朋友，我为你祝福。

马达夫夫人　他虽然有父亲，却和没有一样。

罗　斯　我怎么这样傻里傻气地待下去，自己也不知道说了些什么，还给你添麻烦。我这就告辞了。（下。）

马达夫夫人　唉，你的父亲死了，你怎么办？你怎能活下去？

马达夫之子　像鸟一样呗,妈妈。

马达夫夫人　怎么?吃虫子,吃飞蝇?

马达夫之子　我是说有什么吃什么。鸟不就是这样吗?

马达夫夫人　可怜的小鸟,难道你不怕罗网、陷阱、粘羽毛的鸟胶?

马达夫之子　那有什么可怕,妈妈?那并不是用来捉小鸟的呀。不管你怎么说,我父亲都没有死。

马达夫夫人　他是死了。你没有父亲怎么办?

马达夫之子　不对,你没有了丈夫怎么办?

马达夫夫人　那不要紧,市场上有的是。

马达夫之子　买来了又卖出去吗?

马达夫夫人　你这张小嘴真伶俐。说真的,聪明得够你用的了。

马达夫之子　我父亲是反贼吗?

马达夫夫人　唉,他是的。

马达夫之子　反贼是什么人?

马达夫夫人　说话不算数的坏人。

马达夫之子　所有的坏人都是这样的吗?

马达夫夫人　这样的人都是坏人,都该吊死。

马达夫之子　难道所有说谎的人都该吊死?

马达夫夫人　所有说谎的坏人都该吊死。

马达夫之子　谁来吊死他们呢?

马达夫夫人　当然是好人啰。

马达夫之子　那么说谎的坏人也太傻了,因为坏人比好人多,他们为什么不联合起来吊死好人呢?

马达夫夫人　老天保佑,可怜的小猴子,要是没有了父亲,你怎么办?

马达夫之子　如果他真死了,你会哭他的,如果你不哭,那一定是有喜事:我很快就会有一个新父亲了。

马达夫夫人　你这张油嘴还真会说!

（一报信人上。）

报信人　夫人,上天保佑你。你不认识我,对于府上,我可是久仰了。我怕你有危险迫在目前,请你听一个普通人的劝告,带你的孩子离开这里吧。我这样使你担惊受怕,已经很过意不去,如果要做更坏的事,那简直是惨无人道了。不过，坏事就要落到你们头上。上天保佑你吧。我不敢耽搁得太久了。（下。）

马达夫夫人　我能逃到哪里去呢？我并没有做过坏事呀！不过我想起来了：在今天这个世界上，做坏事有人叫好，做好事反倒危险，人家会以为你疯了。哎呀，说没做坏事来为女人辩护有什么用？——这些陌生的面孔是什么人？

（几个刺客上。）

一刺客　你的丈夫呢？

马达夫夫人　你们干见不得人的事，怎能见得着他？

一刺客　他是个反贼。

马达夫之子　你胡说，割了耳朵的凶犯！

一刺客　什么，你这个坏蛋的孽种！（刺马达夫之子。）

马达夫之子　杀人了，妈妈！快跑吧，求求你！（死。）

（马达夫夫人高喊"杀人了"下。刺客追下。）

第四幕

第三场

英格兰王宫前

（马康及马达夫上。）

马　康　我们找个阴凉僻静的地方，倾吐心头的苦闷吧。

马达夫　还不如紧紧握住生死攸关的宝剑，像个男子汉大丈夫那样，张开双臂双腿，使我们与生俱来的权利失而复得呢。每个黎明都会听见新的寡妇哀号，新的孤儿啼叫，新的悲痛呼天抢地，扑面而来，使天地也响起了对苏格兰苦难的回声。

马　康　我相信的事使我痛哭流泪，我亲眼目睹的惨剧叫我不得不相信；只要我有合适的机会，我会拨乱反正的。听你刚才所说的话，也许事实就是如此。不过，这个篡权夺位的人，提起他的名字，我的舌头都会起泡，但他过去也被大家当作好人，你也对他不错，他也没有加害于你呀。而我却还年轻，你也可以在我身上看到他的影子。你为什么不把一只弱小无辜的羔羊献给那个怒气冲天的神人呢？

马达夫　我可不是那种小人。

马　康　但马克白却是。一个心地善良的好人在帝王的神圣命令之下是不敢不退缩的。不过，我还是想求你原谅：你真正的为人之道是不会因为我的看法而有所改变；天使总是光明的，虽然最光明的天使因为违抗了上帝的意旨而被打入地狱，虽然坏人也可以假冒伪善，但真正的好人是不会变坏的。

马达夫　看来我是没有希望的了。

马　康　也许正是这点引起了我的怀疑。你为什么那样不合情理地离开了你的妻子和孩子？他们不是你感情的寄托、最需要你保护的宝贝吗？你怎么对他们不告而别了呢？我能不求你告诉我吗？不要以为我是猜忌心强、怀疑你不老实，其实，我只是完全为我自己的安全着想。这些都不要紧，因为不管我怎么想，老实人总不会变得不老实的。

马达夫　流血吧，流血吧，可怜的祖国！残暴的统治者，扎下你巩固的根基吧，因为有理的人也不敢动你一根毫毛，那你就戴上你歪来扶正的王冠吧！——再见了，王子，我不会做你所说的坏蛋，即使残暴的君主把他统治的全部土地给我，再加上富裕的东方，我也不会要的。

马　康　不要生气，我这样说并不是因为怕你。我想到国家在暴政枷锁的压迫下流血流泪，每一天都在增加新的血泪伤痕。我想有人愿意支持我得到王权，英格兰就愿支援几千精兵。即使我能用剑取下暴君的首级踩在脚下，可是我可怜的祖国却会受到新统治者千方百计更残酷的压迫，这是何苦来呢？

马达夫　你说的新统治者是什么人？

马　康　就是我自己。我知道移植在我身上的弱点，一旦爆发起来，相形之下，马克白的黑心都会显得纯洁如雪了；受苦受难的祖国只要一比，就会把他看成一条羔羊了。

马达夫　即使在阴森可怕的地狱里，也找不到比马克白更加心狠手辣的恶人了。

马　康　我承认他双手血污，奢侈无度，贪得无厌，弄虚作假，欺世盗名，怒从心起，恶向胆生，没有什么说得出的罪恶他不沾边的。但是如果我要纵情泄欲，那你们的妻女家小，都满足不了我情欲的无底深渊，我的欲望会摧毁一切障碍，为所欲为。与其让一个这样的人来统治，还不如马克白好啊。

马达夫　无限制的纵情泄欲是狂暴地对待自己的天性，那造成了多少国王垮台啊。但是你不必担心，因为你不必纵欲，就可以尽情寻欢作乐。难道你视而不见：多少美人愿意来满足你雄鹰寻食般的饥渴吗？

马　康　但是不仅如此，我还有不怀好意的性格，无法满足的贪心，要是我做了国王，就会剥夺你们的土地，勒索你们的珠宝房产。我占有你们的越多，越会激发我更大的占有欲，那么一来，我就会对忠诚老实的大臣制造不近情理的纠纷，来夺取他们的财富了。

马达夫　这种贪欲扎根更深，比青春期的情欲还更有毒，我们有些国王就死在贪欲的利剑之下。但是你不必害怕，因为苏格兰的物产丰富，可以满足你微不足道的欲望。你说的这些缺点都不是不可弥补的，只要你有君王的美德就行了。

马　康　可惜我没有适合做君王的美德，如公平合理，诚实无欺，克制自己，稳打稳扎，宽宏大度，坚持不懈，宽以待人，严以律己，忠于职守，刻苦耐劳，勇敢坚强，谦虚谨慎，我对这些都没有兴趣，但对各种罪恶活动，不管采取什么方式，我倒反能欣赏。不行，只要我有了权，我就会把和谐甜蜜的奶汁倒入地狱的忘河之中，让太平世界狂风怒号、分崩离析的。

马达夫　啊，苏格兰呀，苏格兰！

马　康　你说，这样一个人配做统治者吗？而我就是一个这样的人。

马达夫　配做统治者吗？不，简直不配活在世上。啊，不幸的国家，一个不合法的暴君用鲜血夺取了王笏，什么时候才能再过上太平的日子呢？正统的王位继承人又亲口说出了不合身份的言论！——你的父亲是个神圣仁慈的国王，生你养你的母亲跪着祈祷的次数比你站着的日子还多。再见吧，你亲口强加给祖国的苦难，已经使我失掉祖国了。啊，我的心呀，一切希望都只好埋藏在心里了。

马　康　马达夫，你内心的正直化为溢于言表的热情，已经消除了我对你抹黑的污点，使我看清了你内心的忠诚。魔鬼般机灵的马克白派了许多手下人来诱使我归顺于他，我谨小慎微的保守思想使我不能仓促信任任何人，但是上天保佑你我！我现在可以向你倾吐肺腑，脱下刚才的伪装，取消我刚说的假话了。其实，我刚才强加给自己的罪名和我的天性毫无关系。我没有亲近过女色，没有随便发过假誓，从来不贪图别人的财富，甚至自己的也不贪得无厌。我没有说过谎，没有出卖过人，甚至连魔鬼都不会出卖。我喜欢真理就像热爱生活一样。我第一次说谎就是刚才的自我污蔑。其实我真正关心的只是你说到的国家命运的需要。在你来之前，西华德老将军已经带领一万精兵强将出发了。让我们和他们会师吧。我们出师名正言顺，一定会取得胜利的。你怎么不说话了？

马达夫　好坏消息同时到，你教我如何是好？

（一医生上。）

马　康　那等等再谈吧。——请问国王要来了吗？

医　生　是的，来了很多病人，都等国王为他们治病；他们的病，很多医生都治不好，但一接触到国王的手——这真是天赐的神力——他们的病就好了。

马　康　谢谢你，大夫。

马达夫　他说的是什么病？

马　康　这是一种恶疾，而这位好国王有神奇的疗法。从我来到英格兰后，我就亲眼见过他治病的奇迹。至于他怎么祈求上天的,那只有他自己知道了。这些犯了恶疾的病人浑身发肿,流出脓液,叫人看了可怜他们,外科医生都治不好,国王却能妙手回春。他把一个金币挂在病人颈上,口中念着神圣的祈祷词,说也奇怪,病就霍然好了。听说这种治疗的福音还可以在王室代代相传呢。除了这种神妙的医术,据说他还有预言祸福、未卜先知的本领,种种吉祥的瑞气笼罩着他的宝座,说明他是得天独厚的。

(罗斯上。)

马达夫　看谁来了。

马　康　是我们国家来的人,但我还没有认出是谁。

马达夫　我的好老表,欢迎你来。

马　康　我记起来了,老天,什么事使我把你忘了?

罗　斯　您太客气了。

马达夫　苏格兰有什么变动吗?

罗　斯　唉,可怜的祖国,几乎是面目全非了。她不再是我们的祖国,而成了我们的祖坟:那里除了无知的人以外,脸上都没有笑容;叹息、呻吟、叫啸撕裂了天空也没有人听；愁容取代了笑容。没有人问丧钟为谁而敲。好人的生命不比他帽子上的鲜花更长久，人还没病就先死了。

马达夫　你讲得太不近情理，可又太接近事实了。

马　康　有什么最新的消息吗？

罗　斯　一个小时前的消息就不是新闻，而是往事了。每一分钟都在涌出新闻来。

马达夫　怎么，我的妻子怎么样？

罗　斯　她么？很好。

马达夫　还有我的孩子呢？

罗　斯　他们也好。

马达夫　残暴的统治者没有破坏他们的平安吗？

罗　斯　没有，在我离开他们的时候还没有。

马达夫　不要舍不得说你的消息：现在怎么样了？

罗　斯　这些沉重的消息压得我喘不过气来，在我来的时候，又风闻很多大人物造反了，我看见暴君出动军队，证明了造反的事实。造反正需要大力援助呢——如果你们在苏格兰出现，一定会唤起男人当兵、女人打仗，来摆脱他们的苦难的。

马　康　我们要回苏格兰去，正好鼓舞他们。慷慨的英格兰派了西华德的一万精兵支援我们，还有比这更好的将士吗？

罗　斯　我多么希望有同样好的消息告诉你们啊！但是我听到的消息却只应该在渺无人烟、没有耳朵能够听得见的地方哭喊出来。

马达夫　什么消息？是关于国家大事，还是个人恩怨的私事？

罗　斯　没有人听了这个消息会不心如刀绞的，尤其是对这事有切肤之痛的你啊！

马达夫　既然是关于我的事情，那就请你不必顾虑，痛痛快快地告诉我吧！

罗　斯　你的耳朵一听到这个消息，就会永远恨我的舌头了。我的舌头要用最沉重的声音说出最沉痛的消息。

马达夫　不用说了，我猜得到。

罗　斯　你的城堡受到突然袭击。你的妻子儿女一起遇难。如果要说出这屠杀的惨状，那只会在无辜的死难者当中再加上你自己的死亡。

马 康　大慈大悲的老天呀！怎么，拿出男子汉的丈夫气魄来！不要用帽子遮住眼睛，吐出你心头的悲哀。不说出来的痛苦闷在心里，会把心折磨得支离破碎的。

马达夫　我的孩子都没有留下？

罗 斯　妻子、孩子、仆人，一个不留。

马达夫　而我却不在家。我的妻子也死了吗？

罗 斯　我刚才已经说了。

马 康　这真是不可挽回的损失！难道就没有救药了吗？让我们来报复这致命的伤痛吧！

马达夫　他没有子女，也不许我有。你说他们全死了。啊，地狱里的老鹰抓小鸡也没有这么厉害。

马 康　你要像男子汉大丈夫一样和他斗争。

马达夫　我会的，但是大丈夫也是人，怎能忘记人最珍爱的宝贝呢？难道老天能够眼睁睁地看着他们受苦受难吗？该死的马达夫，他们都是为你而死的啊。我真不是人，他们没有罪过，都是为我的罪过而死的。老天可怜他们吧！

马 康 让苦难成为你的磨刀石。化悲痛为力量吧!千万不要挫了你的锐气。让悲愤点燃你的怒气吧!

马达夫 我的眼睛可以流出妇人之泪,舌头可以说出豪言壮语,但是老天不要让我放过这苏格兰的魔鬼,让我们立刻拔刀相向吧!假如他逃得了我这一刀,那就是他命不该绝了。

马 康 这才是男子汉说的话。来,让我们去见英格兰国王。我们已经准备好了兵力,万事俱备,只等出发了。马克白摇摇欲坠,只等我们下手,鼓起你的干劲!取代漫漫长夜的一定是黎明。

(众下。)

第 五 幕

第一场

马克白在登西兰的城堡

（医生与侍女上。）

医　生　我陪你守了两夜,也没有看到你说的情况。她最后一次是什么时候夜游的?

侍　女　自从主公上战场后,我见过夫人从床上起来,披上睡袍,打开壁橱,取出信纸并且折好,再在上面写几个字,读上一遍,又把信封上,再回床上睡觉,而这一切都是在睡眠中进行的。

医　生　这种半睡半醒是违反自然规律的。除了走路和其他行动之外,你还听见她说过什么没有?

侍　女　这我可不能对你照实说。

医　生　对医生没有什么不可以说的，对我说再合适不过了。

侍　女　我不能告诉你，也不能告诉任何人，因为没有第三者能证实我的话。

（马克白夫人手执蜡烛上。）

瞧，她来了，就是这个样子，我可以用生命保证：她是在睡眠中。你可以站近一点，好看清楚。

医　生　她怎么会拿着蜡烛呢？

侍　女　那有什么好奇怪的？蜡烛就在她的床头，白天黑夜都得点着，这是她吩咐的。

医　生　你看她的眼睛是张开的。

侍　女　不错，但是她看不见。

医　生　她在干什么？看，她在擦手。

侍　女　她总是这样好像在洗手，我看她一干就是一刻钟。

马克白夫人　怎么这里还有血污？

医　生　听，她说话了。我要记下来，免得忘记。

马克白夫人　去你的吧，该死的血污！去你的吧，我说。——一点，两点，该下手了。——地狱也暗了，——呸，主公，呸，你还是个军人呢，怎么害怕起来了？我们还怕谁知道吗？知道了又能把我们怎么样？——但谁想得到老头子会流这么多的血呢！

医　生　你听到了没有？

马克白夫人　菲府勋爵有过一个夫人。现在到哪里去了？——怎么这双手老也洗不干净？——不要再干了，主公，不要再干了。你一紧张，就什么都干糟了。

医　生　去吧，去吧，你已经知道不该知道的事了。

侍　女　是她说了她不该说的话。我敢说，老天才知道她知道的是什么事。

马克白夫人　怎么还有血腥味？难道阿拉伯香料还熏不香这只小手？唉，唉，唉！

医　生　叹息也叹不出气来，压在心里又太重了。

侍　女　要我心里承受这么沉重的负担，给我什么大富大贵我也不干。

医　生　行了，行了，行了。

侍　女　求求老天吧。

医　生　这病我不能医，不过我知道有些夜游的病人还是寿终正寝的。

马克白夫人　把手洗干净，披上睡袍，脸色不要这样惨白。我再说一遍：班珂已经埋葬，再也不会从坟墓里出来了。

医　生　是这样吗？

马克白夫人　睡去吧，睡去吧，有人敲大门了。来，来，来，让我牵着你的手。做了的事是不能挽回的。上床去吧，上床去吧，上床去吧。

（马克白夫人下。）

医　生　她会上床去吗？

侍　女　马上就要去了。

医　生　外面谣言纷纷，做了坏事总会惹起麻烦的：不安的心灵甚至会向没有耳朵的枕头倾吐秘密。夫人需要的不是看病的医生，而是听忏悔的神甫。上帝慈悲，宽大为怀。好好照看她吧，不要让她接近会伤害身体的东西，还得对她处处留神。她使我眼花缭乱，心情混乱。我明白了，但不能明白地说出来。

侍　女　祝你夜安，好心的大夫。

（各下。）

第 五 幕

第二场

登西兰近郊

（在鼓声中，在军旗下，孟特斯、卡内斯、安格、连洛率士兵上。）

孟特斯　英格兰军队快来了，领军的是马康、他的长辈西华德和忠诚的马达夫。他们心中燃烧着复仇的火焰，他们正义的呼声会感动麻木不仁的人也来参加流血斗争的。

安　格　我们会在比南森林附近碰上他们，他们正从那条路上来呢。

卡内斯　不知道唐纳斑是不是和他哥哥在一起？

连　洛　肯定不在一起。我有一张他们的名单，上面有西华德的儿子，还有一些年轻力壮的小伙子。

孟特斯　残暴的主子在干什么？

卡内斯　他在加强登西兰的保卫工作，有人说他疯了，不那么恨他的人说他在拼命挣扎；肯定的是：肿胀的肚子用腰带箍得再紧也是不能消肿的。

安　格　他现在也感到秘密的暗杀染红了他的双手，每一分钟都有人起来反抗，谴责他背信弃义。他的部下都是奉命行事，没有忠诚的感情；他现在感到国王的头衔空荡荡地飘浮在他周围，就像一个身材矮小的偷儿披上一件巨人的长袍一样。

孟特斯　他自己的内心都在谴责他的所作所为，还用得着旁人去指出他的感觉错乱，有时退缩，有时突然发作吗？

卡内斯　那好，我们向前进军，去会合我们该听命的主子，大家一起流血流汗，清洗过去的错误，好好医治我们百孔千疮的国家吧。

连　洛　国家需要多少，我们就提供多少。用我们的雨露去灌溉鲜花，淹没莠草，向比南森林前进吧。

（率队伍下。）

第 五 幕

第三场

马克白在登西兰的城堡

（马克白、医生及侍从上。）

马克白　报告不要再送来了。让那些造反的爵士都滚蛋吧！只要比南森林不移动到登西兰来，我就用不着担惊受怕。马康这小子岂奈我何？难道他不是女人生下来的？这是知道天命和人事的神灵告诉我的："不用害怕，马克白，只要是女人生下来的男人，都对你无能为力。"所以，你们滚吧，不忠不义的爵士们，去和那些吃喝玩乐的英格兰人打成一片吧，我的决心不会动摇，心情也不会低落，既不会怀疑，也不会害怕。

（一侍仆上。）

难道魔鬼在你脸上涂颜色了？怎么这样惨白得面无人色？你从哪里学来的这副笨蛋模样？

侍 仆　来了成千上万——

马克白　笨蛋还是坏蛋？

侍 仆　主公，是大兵。

马克白　你怎么脸都吓白了？去涂点红颜色吧！不要心神不定，胆小鬼！什么大兵吓得你这样丧魂失魄、脸色惨白？

侍 仆　请主公谅鉴：是英格兰大兵。

马克白　去你的吧！——

（侍仆下。）

撒丹！①——这次进攻没有什么可怕，会使我下台吗？我也活够了，活得像片枯叶，黄色的枯叶，象征着老人的黄昏，什么荣誉、爱戴、臣服、友军，我都不想要了，等待我的只是诅咒，虽然声音不高，却是深入人

---

① 译注：撒丹，与魔鬼撒旦同音。

心，口头上的恭维像一口气，吐出去就完了。——撒丹！

（撒丹上。）

撒　丹　主公有什么吩咐？

马克白　有什么新消息吗？

撒　丹　过去的消息都证实了。

马克白　那我就打下去吧，哪怕会粉身碎骨呢！把我的盔甲拿来！

撒　丹　还用不着吧？

马克白　我要披挂上阵，多派些兵马去；我要跑遍全国；哪个害怕口出怨言，我就吊死哪一个！拿我的盔甲来！

（撒丹送上盔甲。）——

医生，你的病人怎么样了？

医　生　主公，病倒不重，她只是心烦意乱，积郁太深，不得安息。

马克白　那就不能医治了吗？你就不能把她积郁心头的重重思虑连根拔掉？用一些甜蜜的汤药洗净她堵塞胸中的危险毒物？

医　生　这可要靠病人自己了。

马克白　那还要医药有什么用？还不如拿去喂狗呢。——

（对侍仆）给我披甲戴盔，拿我的王笏来！——撒丹，快去派兵！——医生，你能像检验小便一样检验国家的水土，把毛病都洗干净，使它恢复健康吗？如果你能，我真要把你捧上天去，让空中都充满赞美的回声了。有什么泻药能把英格兰军队排泄掉吗？你听说过没有？

医　生　我听到过一点主公备战的消息。

马克白　（对撒丹）把武器带上。——

我不怕死亡，也不必悲叹，

除非比南森林移到登西兰。

（众下。医生留舞台上。）

医　生　登西兰啊，只要我能离开，

给我什么，我也不会回来。

（下。）

第 五 幕

第四场

比南森林附近

（在鼓声中，在军旗下，马康、西华德父子、马达夫、孟特斯、卡内斯、安格，率士兵队伍上。）

马　康　诸位亲友，我看拿下马克白死守的宫廷内室为期不远了。

孟特斯　我们也不怀疑。

西华德　我们面前的是什么森林？

孟特斯　比南森林。

马　康　每个士兵砍下一根树枝，捧在手里。这样就可以隐蔽兵力，使对方误报军情了。

士　兵　遵命。

西华德 我们知道那个希望幸存的统治者妄想死守登西兰，他会让我们在阵前安营扎寨的。

马 康 只要有利可图，他都不会放弃。多少反对他的人都离开了他，迫不得已留下来的人也是三心二意的。

马达夫 估计是不是正确，要等事实来证明。现在，还是要发扬艰苦奋斗的精神更好。

西华德 时间就要到了，结果会让我们知道：我们什么事说对了，什么事还有所不足。推测的想法只说明不可靠的希望，肯定的结果要由战斗来做出决定，而战争正在朝着这个方向进行。

（众人率士兵队伍下。）

第 五 幕

第五场

马克白在登西兰的城堡

（马克白、撒丹及士兵、鼓手、旗手等上。）

马克白　把我们的旗帜高挂城外。到处还在喊"他们来了"。我们的城堡会笑对他们的围攻：让他们待在城外等待饥饿和瘟疫来把他们消灭干净吧。要不是我们这边的人倒戈投敌，我们本来是可以和他们正面交锋，打得他们落花流水，滚回去的。

（幕后妇女哭声）

这是什么声音？

撒　丹　主公，这是妇女的哭叫声。（下。）

马克白　我几乎忘了恐惧是什么滋味。从前，半夜听见一声哭叫，会使我感到浑身一阵冰凉；听到惊人的事件，我的头发也都活了，会吓得倒竖起来。现在，我已经饱尝风霜雨露的滋味，头脑中充满了杀人如麻的思想，无论什么恐怖的事也不会再使我大惊小怪的了。——

（撒丹上。）

为什么哭喊呀？

撒　丹　王上，王后去世了。

马克白　她迟早总是要去世的；这个消息总有一天会来。明天、明天，又一个明天，一天一天慢慢地爬到最后的时刻；我们所有的昨天不过是给傻瓜照亮了在尘世走向死亡的道路而已。熄灭了吧，熄灭了吧，短短的蜡烛！生命不过是一个行动的影子，一个蹩脚的演员在舞台上东奔西走、手忙脚乱，然后就无声无息地下台了。这只是一个傻瓜的故事，讲得有声有色、口沫四溅，其实毫无意义。

（使者上。）

你是来摇头摆尾、磨牙弄舌的，有话就快

说吧。

使　　者　主公请听：我来报告我自以为是亲眼得见的事，但是不知道怎样说好。

马克白　那好，老兄，你就照实说吧。

使　　者　我在山头放哨，望着比南森林，看见森林好像动起来了。

马克白　你在撒谎，狗东西！

使　　者　假如事实不是这样，请主公随便怎样处罚我好了。其实只要站在三哩外就可以看到是不是一座小树林在移动了。

马克白　如果你说了假话，我就把你活活吊在旁边那棵树上，一直吊得你饥渴而死。如果你说的是真事，那就把我吊死也无所谓。我开始怀疑，魔鬼是不是把模棱两可的话当作真话来骗我了："不用害怕，除非比南森林移到登西兰来。"而现在树林居然移动过来了。——那就披挂上阵吧！

　　如果女巫们说的话是真，
　　那我后退无路，只有上阵。
　　我开始对生活感到厌倦，

不怕世界变成混乱一团。

响起警钟来,让狂风怒号!

我要全身披挂,血染战袍。

(下。)

第 五 幕

第六场

登西兰城堡外

（在鼓声中，在军旗下，马康、西华德、马达夫率军队上，士兵手捧树枝。）

马　康　我们快要兵临城下，掩护你们的树枝可以放下了，露出你们的英雄面目吧。——西华德叔叔，请你们父子军打头阵，好不好？我和马达夫就按原定计划作战如何？

西华德　只要碰到马克白的军队，
　　　　我们只有前进，决不后退。

马达夫　让军号说话，让喇叭出气，
　　　　吹出他们流血阵亡的消息！
　　　　（众下。）

第 五 幕

第七场

邓西兰城堡外

（马克白上。）

马克白　他们把我像大熊一样绑在木桩上，使我不能为所欲为，不过，我还是要杀出一条路来。谁不是母亲生下来的呢？除了一个这样的人，我还用得着怕谁呢？

（西华德之子上。）

小西华德　来将通名！

马克白　我的名字会吓死你。

小西华德　即使你的名字比地狱里的恶魔还更凶恶，也吓不倒我。

马克白　我就是马克白。

小西华德 我的耳朵还没有听说过比这更可恶的名字。

马克白 不是更可恶,而是更可怕。

小西华德 你胡说,残暴的统治者,我要用剑来刺破你的画皮。

（二人交锋,马克白杀死小西华德。）

马克白 看来你还是母亲生的儿子,

在我刀下难免一死。（退场。）

（号角声中马达夫上。）

马达夫 杀声是从那边来的。残暴的马克白,露出你的凶恶面目来！如果你不死在我的刀下,我的妻子和孩子的阴魂怎肯善罢甘休！但是我也不能把你倒霉的兵士当替死鬼,他们是你雇来扛枪的。如果杀的不是你马克白,那我宁愿刀不血刃,藏入鞘内,也不能滥杀无辜。那边铿锵之声不绝于耳,是战争的高音符,他应该在那里。命运之神啊,让我找到他吧,我也别无所求了。（在号角声中退场。）

（马康和西华德上。）

西华德 请走这条路吧,城堡已经归顺您了。双方的兵士虽然打了一下，但你的爵士们都很勇敢，胜利几乎肯定是我们的，并且不必太费力气了。

马　康　我们碰到的对手虽然舞刀弄枪，似乎并不真想伤害我们。

西华德　请您进城堡吧。

（在号角声中退场。）

（马克白上。）

马克白　我为什么要学那些糊涂的罗马大将，战败了就拔剑自杀呢？只要我还看见敌人活着，我就要叫他们血溅沙场。

（马达夫上。）

马达夫　转过身来，地狱里的恶狗，转过身来！

马克白　我天不怕，地不怕，就只怕碰到你。你快走吧，我欠你的血债已经太多了。

马达夫　我对你无话可说，只有让我的剑来说话。你这个吸血的恶魔，没有什么言语说得出你血淋淋的罪行。

马克白　不要白费力气了，你不能用剑刺伤空气，就休想叫我流血。用你的剑去砍那些刀枪能入的盔甲吧。我生命的魔力是任何母亲生下来的儿子都伤害不了的。

马达夫　去你魔鬼的魔力吧！让从天堂贬到地狱的天使告诉你：马达夫和凯撒一样不是母亲生下来的，他们是剖腹的产儿。

马克白　老天诅咒这些胡说八道的舌头吧！这一下可让我失掉男子汉的丈夫气了！怎能相信这些妖魔鬼怪玩弄的两面派字眼呢？他们叫我的耳朵相信他们的甜言蜜语，却使我的希望变成了绝望。我不和你打了。

马达夫　那你就投降吧，胆小鬼！我们要在光天化日之下把你推出示众，在旗杆上挂出你的丑恶嘴脸，下面标明这是混世恶魔的面孔。

马克白　你们休想让我向马康那小子低头认罪，跪在他脚下求饶！虽然比南森林移到了登西兰，虽然你不是母亲生下来的儿子，但我还是要硬拼到底。我身前有能征惯战的盾牌。来吧，马达夫，谁先喊"住手"谁就是孬种。

（在号角声中双方交战。）

（马达夫杀死马克白，退场。）

（吹退兵号。在鼓乐声中，在军旗下，马康、西华德、罗斯、众爵士率士兵上。）

马　康　但愿我们担心的亲友都能安全归队。

西华德　总会有损伤的。在我看来，这样大的胜利，只花了这样小的代价，应该是很合算的。

马　康　马达夫还不见人，令郎也不见踪影。

罗　斯　老将军，令郎已经尽了军人的天职。他刚成年，就毫无畏惧，不怕牺牲，做了男子汉大丈夫，真不愧为将门之子。

西华德　他牺牲了？

罗　斯　是的，遗体已经撤离战场，务请老将军节哀，令郎没有辜负您的期望。

西华德　他的伤在正面？

罗　斯　是的，他额头有刀伤。

西华德　那他是顺从天意的战士，即使我有头发一样多的子孙，我也不希望他们有更光荣的结局。让我的话作为他的丧钟而鸣吧！

马　康　他值得更深切的哀悼，我的眼泪都流不完了。

西华德　他已经实现了他的价值。他们说他走得很得体，不失军人的本色，他会和上帝同在的。

看，又来了什么新消息？

（马达夫上，献上马克白首级。）

马达夫　特向王上献礼，主公已经夺回王位了，这里是篡权夺位者的首级。现在，国家已经恢复自由，主公受到了全国精英的拥戴，我不过说出了大家的心意而已。我们乐意同声高呼：

苏格兰国王万岁！

众　人　苏格兰国王万岁！

马　康　我们不能花太多的时间来回报诸位的厚爱，如果要论功行赏，赏总是落后于功的。我亲爱的爵士们和亲友们，从现在起，你们有爵位的都晋升为伯爵，这是苏格兰有史以来第一次这样封赏。此外还有许多事情要做，要按轻重缓急先后安排。如为了逃离篡位者的罗网而不得不流亡国外的亲友，都要召唤回国；还有帮助篡权夺位、无恶不作的杀人凶犯，以及那个篡位者凶神恶煞般的妻子——据说她用粗暴的双手扼断了自己的生命——都要依法严办。

其他需要我们去做的事，
我们要按照上帝的意旨
选择完成的时间和地点。
最后敬请光临加冕大典！

（鼓乐声中退场。）